KB183118

Loading
이웃집 길드원
267
만화
스튜디오 웨이브
원작
허니트랩
3
W
A
S
D
50
99

CONTENTS

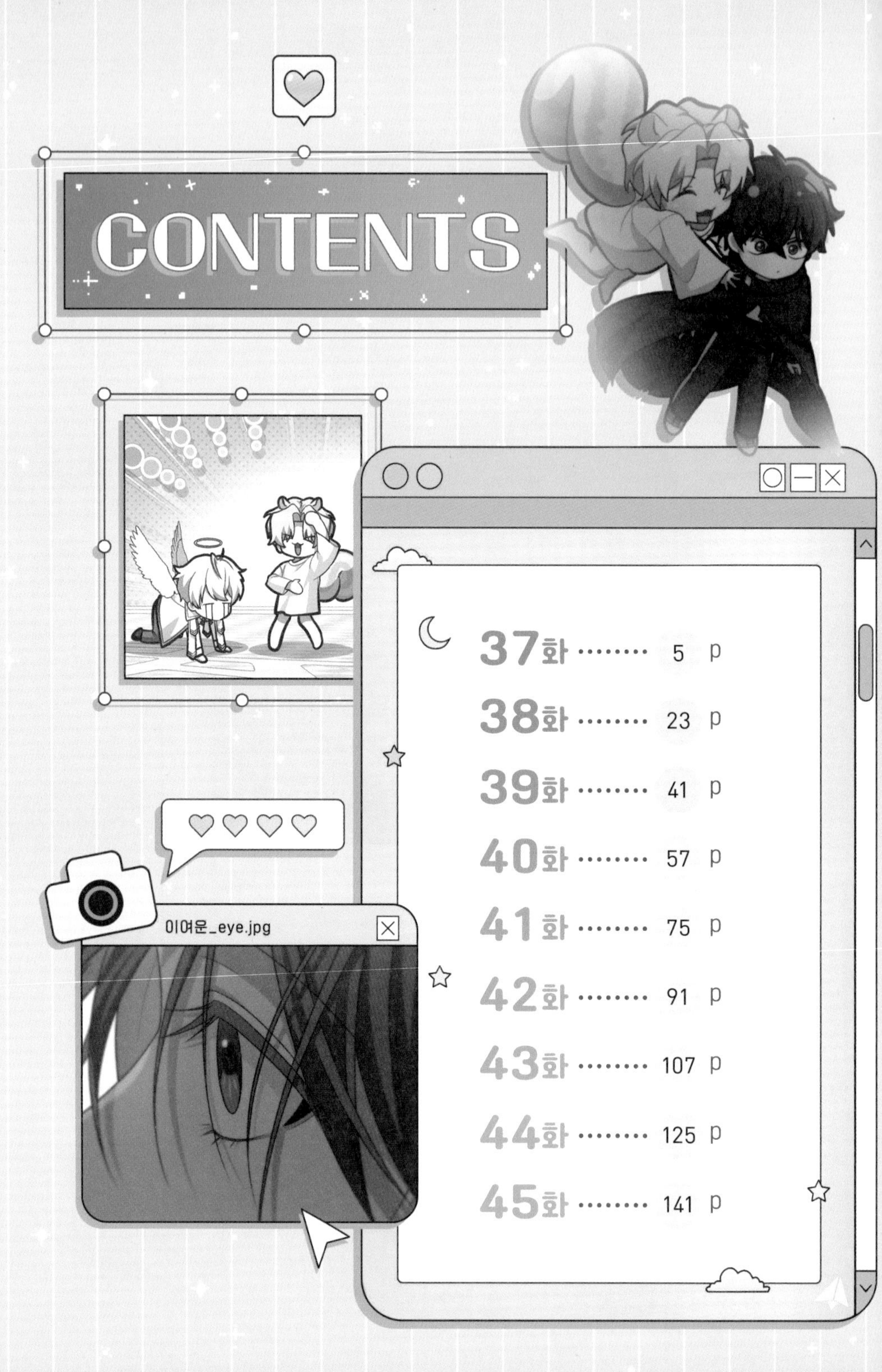

윤지구_eye.jpg

37화
ILLUSION...

어, 어떡해
가족 욕을
해버리다니
그것도
어머니를…
뻘
뻘
뻘
뻘
뻘

무튼
차 빼고 가.
툭
엄마

…이,
빼그덕
빼그덕
이 근처에
주차할 곳이
없기는 해요…!

……
……
…됐어요.
피식

주차할 곳은 많은데
주차장까지
들어가기 귀찮대요.
아…

그, 그렇구나…

으윽,
나대지 말걸!
저쪽은
신경도 안 쓰는 것
같지만…
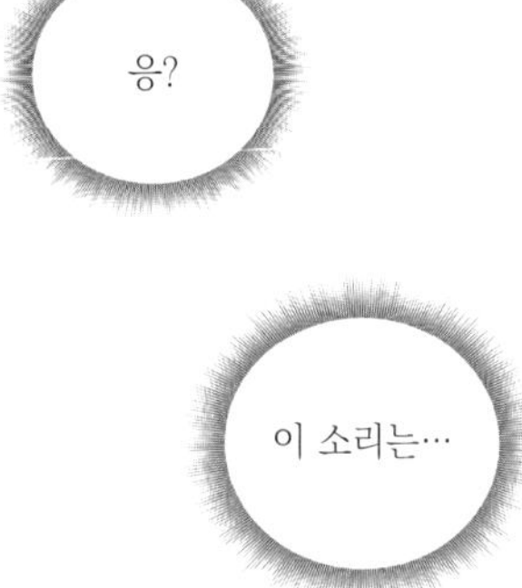
응?
이 소리는…

퐁!
지구 : 메시지를 보냈습니다.
15:10
xx월 xx일

지구 : 메롱 ㅇㅠㅇ

…?
뭐야, 이 새끼?
중얼…

절 아세요~?
아는 척 대박~;
내 걱정 돌려내, ㅅㅂ!
빠작

답장도 없이
일주일을 잠적하더니,

꼴에 점 찍고 돌아와서
아는 체도 안 하다가
갑자기 메롱?

…왜요?

아뇨,
아는 사람한테
이상한 문자가
와서…
멈칫…

알림 끄기
톡…

탁!
흥.

방금 문자 온 거
아니에요?
답장 안 해요?
나중에요.

그닥
중요한 사람도
아니고.

으쓱

…누군데요.

멈칫

그냥 인터넷에서
어쩌다 알게 된
사람인데…

뭔데요, 게임?

아, 네.
게임…

…?

응? 왜 갑자기
이런 걸 물어보지?
……

별로…?

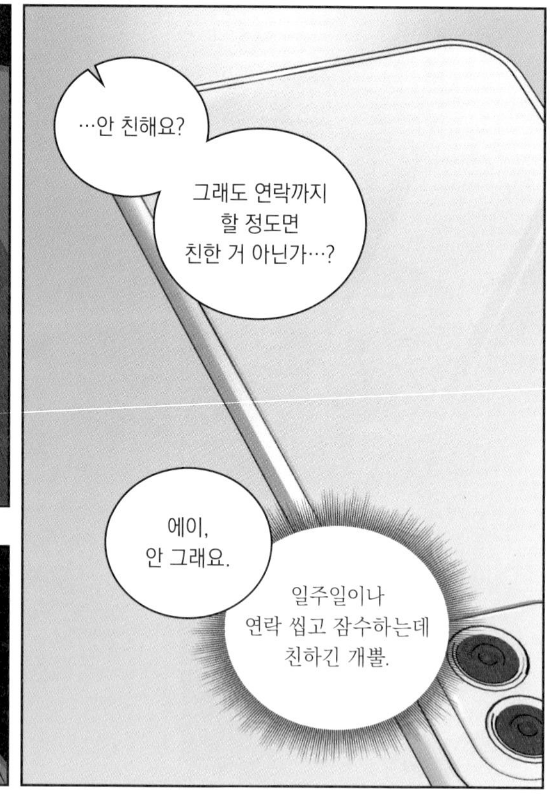
…안 친해요?
그래도 연락까지
할 정도면
친한 거 아닌가…?
에이,
안 그래요.
일주일이나
연락 씹고 잠수하는데
친하긴 개뿔.

…그렇게 말하면
그 사람이
서운해하지 않을까요?

괜찮아요.
어차피 본인이
듣는 것도 아닌데.

……
쏴아아

새근
새근
어쩐지
조용하더라니.

후후…
잘 자네.
귀여워라…
새근~

칭

나름대로
게임 얘기로 대화가
이어지나 했더니,

쿠구구
구구구
구구…
저기압…

묘하게 다시
어색해졌단 말이지….

아까 그 대화에서
내가 무슨
실수라도 했나?

따끈
따끈

영이도 잠들었고,
저는 이만 가볼게요.
꾸벅
점심
잘 먹었어요.
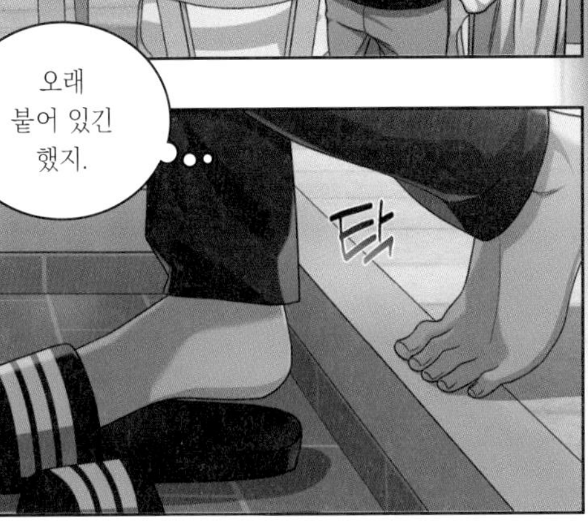
오래
붙어 있긴
했지.
탁

…저기요.
덥석
꽉

켈록
켈록
…네?
??
슥…

…쿠키 몇 개
가져가요.
어차피 조카 혼자
다 못 먹으니까.

…어…

진짜요?
그럼
가짜겠어요?
방금 만든
쿠키…!

띠용
헐.

윤지구 씨
농담도 할 줄
아네?
머쓱
…받기나 해요.

와…
잘 먹을게요.

…그리고,

아까 그거,
답장해요.

…답장?
…?

아,
지구 : 메롱 ㅇㅠㅇ
그거?

아, 네.
해야죠, 답장.
의외로
세심한 면이
있네….

아까까진 기분
안 좋아 보이더니,
그래도
이만하면 조금은
친해진 건가?
아! 오늘 점심
맛있었어요.

다음엔 제가…
쾅
아놔.

옆집 애가 쿠키 줌.

톡!
톡!

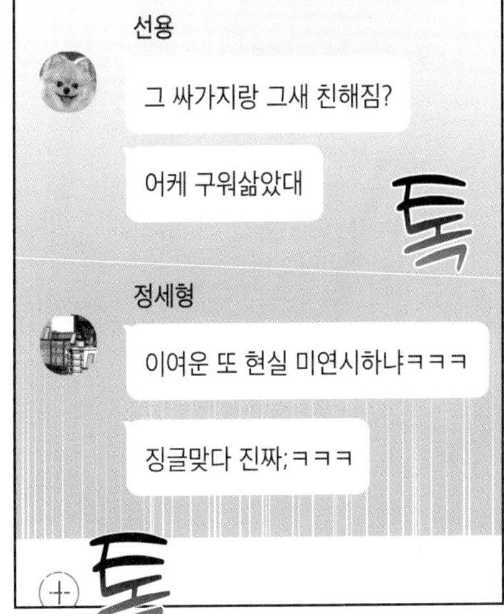
선용
그 싸가지랑 그새 친해짐?
어케 구워삶았대
톡
정세형
이여운 또 현실 미연시하냐ㅋㅋㅋ
징글맞다 진짜;ㅋㅋㅋ
톡

내가?

현실 미연시?

여운아.
나…
너를—

슥
바삭
…에이,
남자끼리 무슨.

38화
ILLUSION...

일루전이 이벤트에
이를 갈았다더니
이런 거였구나….

하아아…

이 게임 이제
RPG가 아니라
AOS로 전향한대요?

포세이돈 길드의
첫 번째 이시스 점령전.

그건 그야말로
난장판이었다.

빡세다….

거점을 수호하는 동시에
상대의 성을 점령해 무너뜨리면
이기는 시스템으로,
방어와 공격을
동시에 하는 방식은 모두가
처음이었던 것이다.
으아악
뭐야 이거
악
살려줘
헉
헉
아슬아슬했지만
그래도 이겨서
다행이야….

헐, 아군 사망 중
절반이 한 명이에요
ㅋㅋㅋㅋㅋㅋ
ㅋㅋㅋㅋㅋㅋㅋㅋ
ㅋㅋㅋㅋ
개웃기다.
누구임?

? 님이요.
푸슉
사망 1위
'neutaaaa'

ㅅㅂ ㅋㅋㅋㅋㅋㅋ
ㅋㅋㅋㅋㅋㅋ
누구임? <<<
이러고 있네ㅋㅋㅋ
ㅋㅋㅋㅋㅋㅋ
ㅋㅋㅋㅋㅋ
ㅋㅋㅋㅋㅋ
ㅋㅋㅋㅋㅋㅋㅋㅋ
화끈

나는 나의 적이다.
—neutaaaa—
척…
ㅋㅋㅋㅋ
ㅋㅋㅋㅋㅋㅋㅋ
ㅋㅋㅋ
이 사람들이
진짜?!
ㅋㅋㅋ
아 개웃기다.
ㅋㅋㅋ
ㅋㅋㅋㅋ

괜찮아요,
뉴 님.

길마님… ㅠㅠ
찌잉…
토닥

중요한 건
이렇게 아군 사망이
많았는데도 저희가
이겼다는 거예요!
찡긋~
과정보다는
결과가 더
중요하니까요~!
뉴타 님도 다음번엔
대충 하지 말고
최선을 다해서
많이 죽지 마세요~ ^^
아자아자!

…참고로 난
오늘 최선을
다했다….

침착…

아…네…

우리 길마님
돌려 까기
장인이네.

공성전은 연습도
못 하는데 어쩌죠….
안 그래도
오전에 저희보다 먼저
공성전 뛴 길드들
난리 났대요ㅋㅋㅋ
당장 연습 모드
내놓으라고
ㅋㅋㅋㅋㅋㅋㅋ
근데 그럴 만함

음~
그럼 영상 보면서
메타 익히시는 건
어때요?
영상이요?

지구별 님이
핵 의심 때문에
매번 영상
남겨놓으시거든요.
오늘 것도
찍었을 테니까
지구별 님한테
한번 물어보세요ㅋㅋ
아…

하지만 지구별은
아까 공성전이 끝나자마자
바로 게임 나갔는데.
게임할 때도
한마디도 없었고.

역시 뭔가
심경의 변화가
있는 게 분명해….
띠롱
…오?
'지9달' 님께서
게임에 접속하셨습니다.
흔들
뉴비 등장.

호랑이도
제 말 하면
온다더니ㅋㅋ
저여??
ㅇㅇ ㅋㅋ
뉴타 님이
할 말 있대요.
엇,
이렇게 바로?!
두둥~!

?
어… 그게…
뭔가 좀
어색한데.

지구별 님 오늘
이시스전 영상 찍으셨으면
저한테 공유해주실 수
있나 해서요.
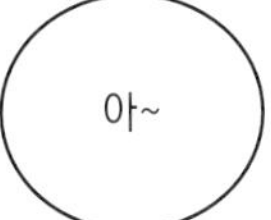
아~

제가 왜요?
삐
딱

?!?!
지구별 아니라더니
오늘은 대답하시네
ㅋㅋㅋ
움찔
아! 전 지구별이
아니지만서도^^
늦음
ㅋㅋㅋ
근데
영상은 왜여?
…제가 왜 이리
많이 죽나
보고 싶어서요ㅜㅜ

흠…
맨입으로?
으쓱

뭘
원하시는데요?

딱히?
ㅋㅋㅋ
거지한테 삥 뜯는
취미는 없어서ㅎ
얘 요즘
왜 이래?
뒤늦게
사춘기라도
왔나….

애초에 아이템은
나보다 지구별이
더 많은데…
뭘 준다….
슥

……

제, 제 망토라도
괜찮으시다면…!!!
큰 결심!
꼬옥

…줘도
안 가짐;

와 ㅅㅂ
이건 프러포즈
급이었는데.
큽…
모든 걸
준다고 한 거나
다름없는데;;;

아, 지구별 님,
제발요ㅠㅠ

우리
친하잖아요ㅜㅜ

저희… 친해요?
그럼요, 그럼요!

얼마나…?
ㅈ~~~~~~~ㄴ!
이열~ 정말
많이 친한가
보네~

ㅋ… ㅎㅎ
어?
좋아한다!
ㅋㅋㅋ
관종ㅋㅋㅋ
좋댄다ㅋㅋㅋ

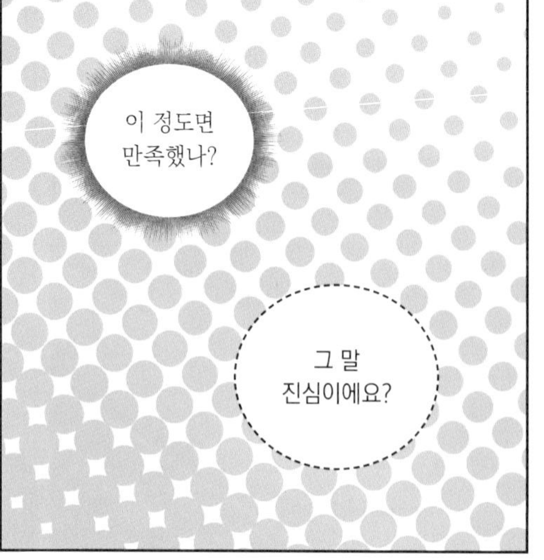
이 정도면
만족했나?
그 말
진심이에요?

ㅇㅇ
당연하죠!
끄덕
귓속말 왔음
끝난 거다!
저랑 제일
친한 거 맞죠?

ㅇㅇ ㅋㅋㅋ
진짜죠???
끈질겨….
ㅇㅇㅇㅇㅇ
아오
타다닥

왜 이런 거에
연연하는지는
모르겠지만

게임 속에선
가장 친한 게 맞지.

방글~

매 판 레벨업 도와주는
냥이보다 대화도
많이 하니까.

저 그럼
형이라고
불러도 돼요…?
꼼지락
꼼지락

?

저번에도 비슷한 말을
듣지 않았나…?

분명히
거절했는데.

애초에
포세이돈 길드는
친목질 금지다.

그것도
1순위 규칙.

길드 공지사항

상호 존댓말 엄수 / 개인적 친목 절대 금물

아니…
싫은 건
아니에요.

걍 궁금해서
ㅋㅋㅋ

휙
휙
그렇게
형이라고 부르고
싶었나…?

쬐끔
귀여운 면도
있네.
대신에
크흠

길드원들한텐
비밀로 해야 해요.
저희끼리
있을 때만이면
ㄱㅊ.
멈칫

왜
비밀인데여…?
'친목 금지'.
길드 규칙이잖아요.
아~…

…
……

…왜요?

퐁!
홀블루
지구 : 음성채팅에 초대했
1:3

오랜만이네….
달칵

여보세요?
……

……형.

39화
ILLUSION...

깜빡…

방금
뭐라고…
크흠!
…혀, 형이라고
했잖아요.

피식…
이렇게
민망해할 거면
뭐 하러
형 타령을…

아까 말한
영상이나
내봐요.
어차피
보기만 해서는
모를 거면서…
제가 스킬
뭐뭐 썼는지
정리해서 같이
보내줄게요.
헤에
…지구별 님
시간 많아요?

얘는 자기가
호칭 바꾸자고 해놓고
왜 이렇게 긴장해?
괜히 나까지
민망해지네….
그렇다니까요.
제가 그쪽한테
거짓말해서 남는 게
뭐가 있다고.
머쓱

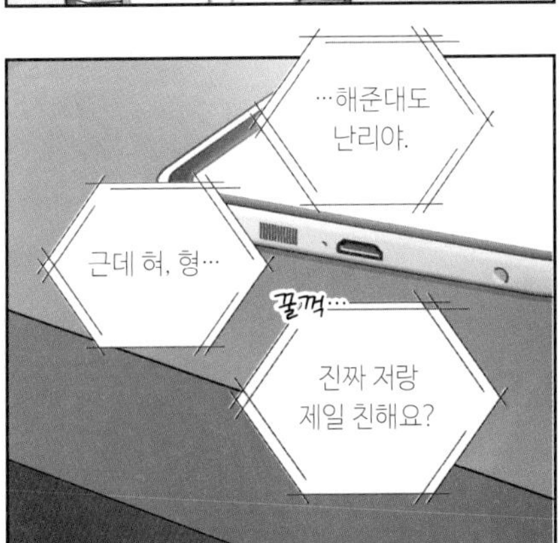
…해준대도
난리야.
근데 혀, 형…
꿀꺽…
진짜 저랑
제일 친해요?

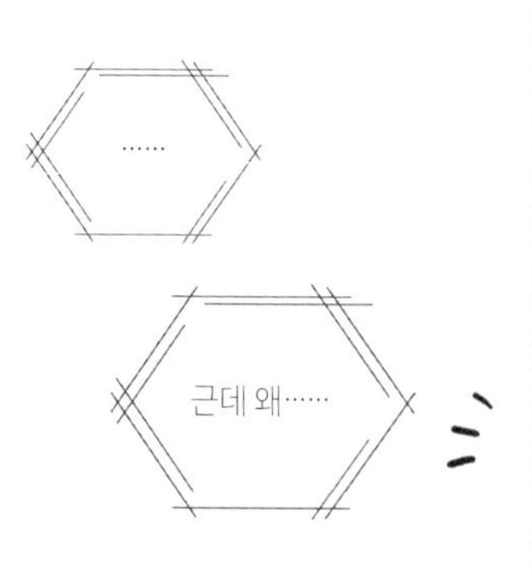
……
근데 왜……

응?

…흥, 됐어요.
아무것도
아니에요.
싱겁긴.
참나…

근데
지구별 님,
갑자기 부캐는
왜 만들었어요?
……!

그, 그냥…
혼자만의 시간을
좀 갖고 싶어서요….
혼자만의
시간…?

있…어요,
그런 게.
잠깐 생각할 게
좀 있어서 그랬는데
왜, 왜요!!!
쩌렁
쩌렁
?!

아,
귀 터질 뻔했네.
말로 해요,
말로.
얼얼
소리 낮춤
틱틱 틱 틱
그럴 수도 있지,
웅얼웅얼…

근데 보통
생각할 게 있다고
부캐를 만드나?
하여튼 특이해.
〈 포세이돈 길드 〉
지9달
? ? ?

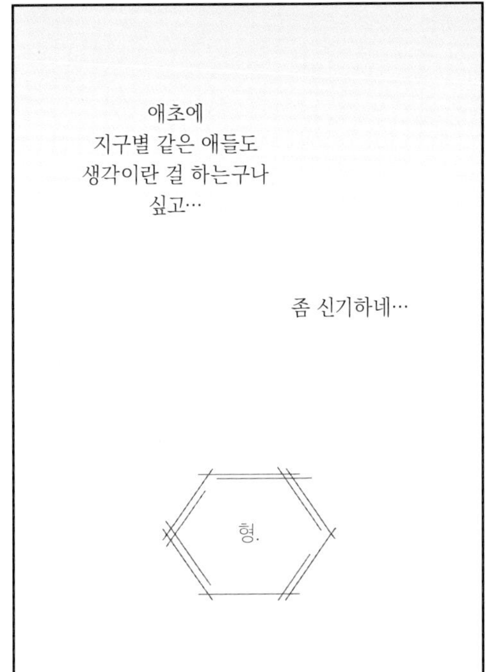
애초에
지구별 같은 애들도
생각이란 걸 하는구나
싶고…
좀 신기하네…
형.

다 들려요.
……
텁…

타다다닥

혼잣말 버릇 고치는 법 |

지나가던 의망생 님의 답변

채택답변수 89 받은좋아요수 15
활동분양: 3수, 의료, 의사, 대학병원, 병원

A. 흠 혼잣말이라.
의대 정신과 지망생인 제 전문적인 의견으로는
그건 아마 우울감의 표출이 아닐까 싶네요.
네이미 웹툰 '닥터 조르디' 68화에 질문자님 같은 사례가 나옵니다.
사람을 좀 만나세요.
인간은 사회적인 동물이라는 명언이 잇죠??
친구를 만나시면 다 해결됩니다.
친구 짱!! 그럼 답변 채택 부탁드려요~^-^

사람을 좀 만나세요.
인간은 사회적인 동물이라는
친구를 만나시면 다 해결됩
친구 짱!! 그럼 답변 채택

클릭

그런…가?

이사 이후로
애들이랑
못 놀긴 했지.
취직한 이후로
바쁘기도 했고…

토도독

오늘 우리집에서 치맥할사람?
오후 4:09

띠롱

선용
미친놈아 내일 월욜임
어제부르던가ㅋㅋㅋㅋㅋㅋ
오후 4:09

띠롱

정세형
나 저번주부터 한약먹음ㅋㅋㅋㅋ
오후 4:09

ㅋㅋ 응 혼자 먹을게 니네는 진정한 친구가 아니다

띠롱

선용
별말씀을 다^^ 톡 그만 보내 나 여친이랑 있음

정세형
10년이면 오래 보긴 했지 슬슬 절교하자

띠롱

…친구를 잘못 사귀었어.

친구는 끼리끼리라던데,

왜 내 친구들은 다 저런 놈들뿐일까?

툭

청소라도 할까.

웅-

웅-

치맥...

안 되겠다.
오늘 저녁은
벌컥!
치킨이다!!

어?

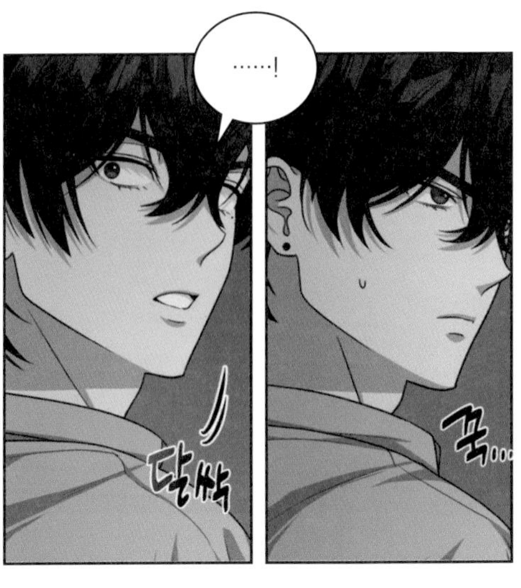
……!
달싹
꾹...

휙
타박
타박
…?
쓰레기
버리러 가요?

…그거랑,
뭐 살 게 있어서
잠깐.
아~

그쪽은
어디 가냐고요,
이 시간에.
힐끗

그러는
그쪽은요?
네?

웬일이래

먼저 이런 걸
다 물어보고.

마트 가요.
물이 다 떨어져서.
(그리고 치킨이랑 맥주도)

정수기 쓰면
되잖아요.
띵-
전 생수 사서
마셔서요.

…무거울
텐데요.
스륵-
그래서
배달시키려고요.

휙

이 시간에
마트 치킨이
남았으려나.
흠-
주말이라
빨리 나갔을 것
같은데.

없으면
다른 거라도…
저벅
저벅
저벅.

저벅

아, 아까
뭐 사러 간다더니
가는 방향이 같나?
지구 씨는
뭐 사러 가세요?

…샴푸요.
아~
샴푸 은근히
빨리 떨어지죠~

마트
가시는 거면
같이 갈까요?
됐거든요?
펄쩍~!
제가 왜요?
거절 당해도
일단 예의상 한번은
물어봐야지~

그러든가요….

…잉?

맴-
맴-
당연히
싫다고 할 줄
알았는데…
맴-

…어,
여긴
그 골목이네….
툭
데굴
데굴

떨어져서…
으아아
아악!!
쌔앵-
……

다시 생각해도
참…
피식

지구 씨,
오늘은 도망
안 쳐요?
움찔
……
안절
이크, 이러다
진짜로 도망치겠어.
부절

휘이잉…
살랑…

…그래도
그때보단…
가까워진 것
같지…?

…지구 씨.

왜요.

음…

아무것도 아니에요.

으쓱

피식

뭐야.

그럼 부르질 마요.

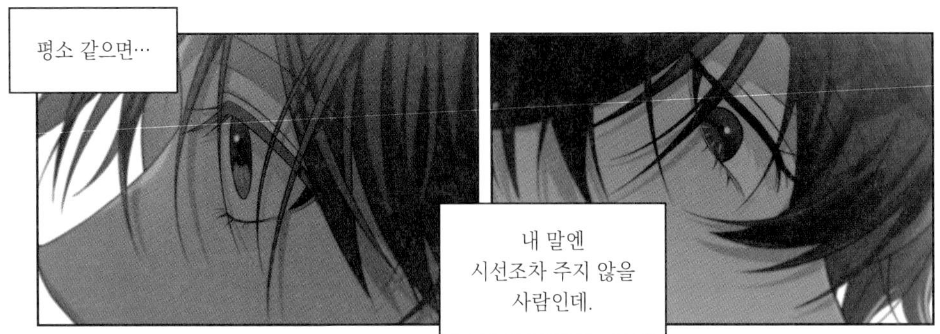
평소 같으면…
내 말엔
시선조차 주지 않을
사람인데.

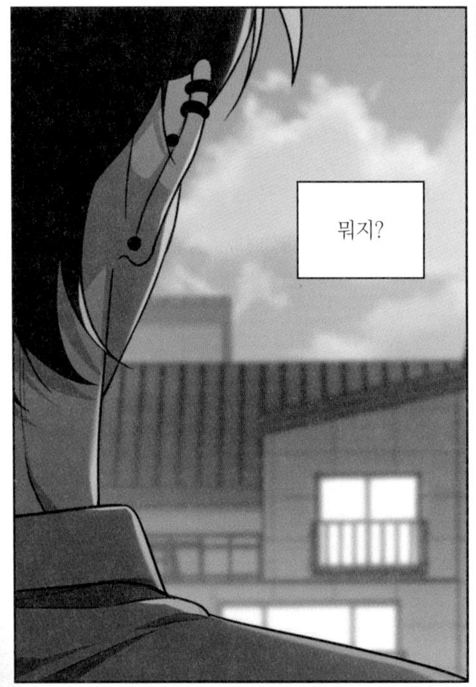
뭐지?

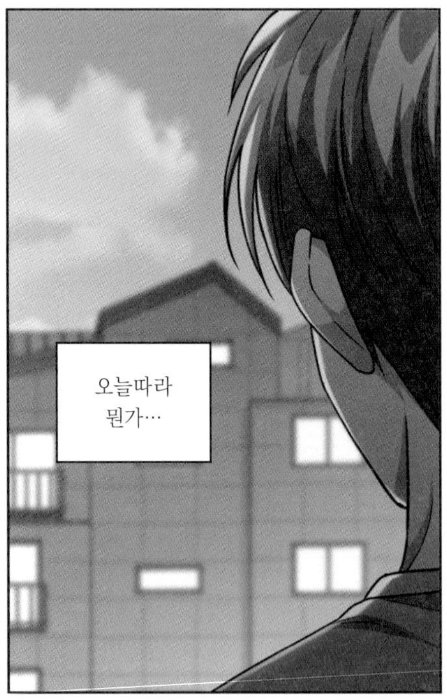
오늘따라
뭔가…

뭔가…

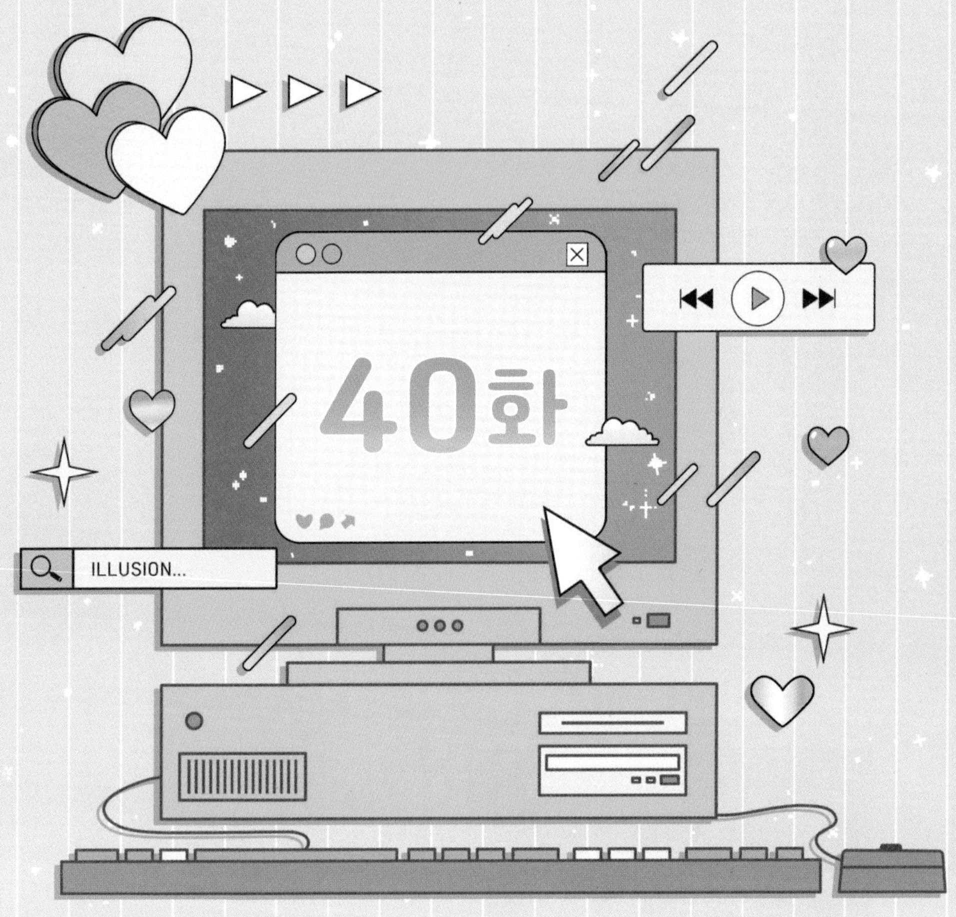
40화
ILLUSION...

LIQUIR

…저기요.

설마 저희
같이 다녀요?
와~ 수박이
싸네?
……

…이거
다 사려고요?
수북—
됐으니까 저기 가서
샴푸나 집어 와요.

파바박
헉끅

턱
숱은 왜 이렇게
많이 사요?
음?

아, 원래
친구들 불러서
놀려고 했거든요.
그, 전에
한번 보셨죠?
아… 그 노예…
중얼

휙
턱
갑자기 불러서 그런가,
오늘 못 나온대서
미리 사 놓으려고요~

……
슬쩍…
오늘은 어쩔 수 없이
혼술인가~
중얼
중얼

그나저나

어제
쿠키 받아 온 접시도
돌려줘야 하는데.
만난 김에
오늘 돌려주는 게
낫겠지.

어찌 되었건
밥도 얻어먹었고
뭐라도 같이
주는 게 좋을 것
같은데…

…!

가격 CUT

LOVE THE SPACE

쿵
에이,
안 들어주셔도
되는데.
헤헷
이미
다 들어줬더니
뭐요?

장난이죠~
고마워요,
지구 씨.
…뭐… 예….

끙차
아, 잠깐만
기다려주실래요?
접시
돌려드릴게요.

타다닥

탓
탓...

여기요!
짜잔~

매번 수영 후
온몸을 가리고 샤워하는
지구 씨한테 딱이야!
휘이익
쏴아아
전에 밥이랑 쿠키
잘 먹었다고요.
수영장에서
입으세요!

....
....
....
이건?
선물이에요!

수영장에서
목욕 가운을…
입으라고요?
제정신이신지…

안 될 거
있나요?
수영복 입고
머리 감는 것보단
덜 눈에 띌 텐데.

움찔
탈의실에서도
수영장 수건 안 쓰시고
집에서 가져온 것만
쓰시잖아요.
지구 씨
생각나서
산 건데….

일단 받기는…
할게요.
파아

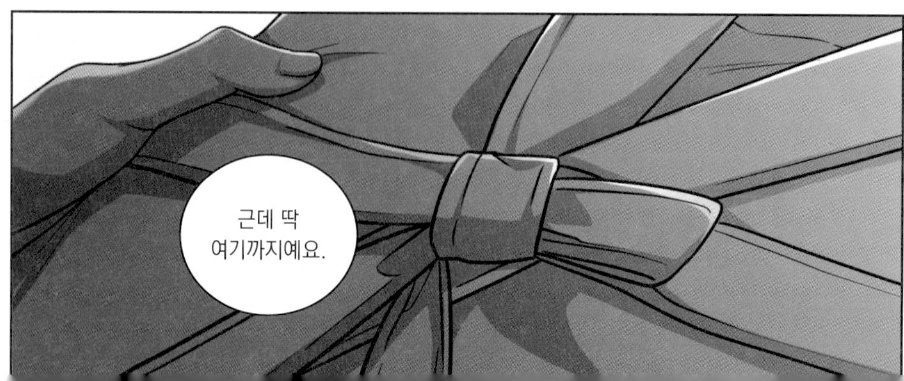
근데 딱
여기까지예요.

이 이상은
안 된다고요.
알아들어요?

저희… 그냥
친구 해요.

거기서 딱
정리하자고.

…!!

이랬던…

콰앙

윤지구가…

저벅

저벅

쌩~

지금 나한테…

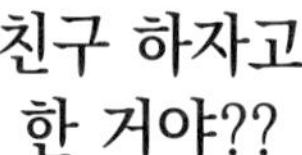
친구 하자고
한 거야??

지구 씨…

그럼 친구 된
기념으로…
저희 집에서
술 한잔 같이
하실래요?

그 성격에 먼저
손을 내밀어주다니…
들고 있는 샴푸랑
접시는 집에
가져다 두고…

반짝
오글거리지만
ㅈㄴ 감동이다….
반짝
몸만 오면
될 것 같은데.

저……
저 술
안 마셔요!!!
콰아앙
?!

아, 아니…
그럼 물만 마셔도
되는……
띠용
데….

친구…

하자며…

어?

뉴타 님
잠수 끝??

…냥 님은
주말 내내 밤새고
아직도 안 자요?

ㄱㅊㄱㅊ
학교 가서 자면 댐
ㅋㅋ
크크
크큭…
조만간 만렙
ㄷㄷ
나쁜 고양이.

뉴타 님 아까
불렀는데 답도
없으시고ㅠㅠ
뭐 하다
오셨어요?
아, 장 보고 와서
짐 정리 좀
하느라고요.

지금은 혼자
맥주 마시는 중
ㅋㅋ!
혼자 술 마시면
심심하지 않아요?
혼술 노잼인데

ㅠㅠ 그래서
옆집한테 물어봤는데
안 마신대요….
엥?
옆집이랑 술을?

옆집이랑
친한가 봐요?

…오늘 먼저
친구 하자고
말한 걸 보면…
친해진 것
같기도 하고?
흠…

ㅇㅇ 친해요!
헐…

와ㅋㅋ 어케 그래요?
난 옆집 얼굴도
모르는데….
뉴 님 성격 되게
좋은가 보다ㅋㅋ
원래 이웃집엔
개진상만 사는 게
국룰인데… ㄷㄷ
파앗-!
?

전에 지구별 님도
옆집에 변태 산다고
하지 않았어요?

애완지구별
100일 차 기원♥
ㅡㅡ

그래서…
옆집 예뻐요?
ㅎㅎ
남고딩
아니랄까 봐.

? 남자임.

ㅋㅋㅋㅋㅋㅋㅋㅋㅋㅋ
ㅋㅋㅋㅋㅋㅋㅋ
ㅋㅋㅋㅋㅋㅋㅋ
먼 고추끼리
술을 마셔ㅋㅋ
뭐 어때요,
심심하면
마실 수도 있지.

그리고 옆집
잘생기긴 했음.
움찔

저 지금 캐릭터도
옆집 남자 스타일
참고한 거였거든요.
진짜
잘 어울리죠.
펄럭
ㅋㅋㅋㅋ????
머임???
님 옆집 남자
좋아함??

아녀, 걍
스타일이 마음에
들어서…
……
난
얼마 전까지…

뉴타 님한테 불행히도
지구별이 붙은 줄
알았는데…

알고 보니
반대였을 수도…
아니, 제가
뭘 어쨌다고!
그런 거
아니라니까요?!
ㅋㅋㅋ 예,
잘 들었고요.
ㅋㅋㅋㅋ

뉴 님은 위험해-!
지구별!!!!
도망챠!!!!
얼씨구

'지9달' 님께서
로그아웃하셨습니다.
휙…
ㅋㅋㅋ
ㅋㅋㅋㅋㅋㅋ
아 ㅁㅊ ㅋㅋ
ㅋㅋㅋㅋㅋㅋ
ㅋㅋㅋㅋㅋ
ㅋㅋㅋㅋㅋㅋㅋㅋ

…참나.

하여튼
오바하기는.
관종이라니까.

41화
ILLUSION...

(긴글주의) 길드 공성전 이벤트가 내려가는 이유

작성자 : 썬셋/문페어리

조회수 감사합니다 ㅇㅅㅇㅋㅋ
길드공성전 점령전 연습겜 만들어줘!

18개의 댓글이 등록되었습니다.

(익명)
제목학원 다님?

(익명)
아니 어째 클릭하는 글마다 이새끼냐?

할로윈가지
하지만 연습겜은 필요합니다... 오늘만 따봉드려요 ^-^

ㄴ 냥이냥나냥
2222ㅋㅋㅋㅋㅋㅋ

ㄴ 한제
맞습니다 연습게임은 필요해요

ㄴ (익명)
아니 먹금해... 제발 추천 하지 좀 마
자꾸 추천 눌러서 핫한글 올리니까 더 날뛰잖아;

(익명)
썬셋 핵쓰는 새끼아냐? ㅋㅋ 정리글 링크 놓고감
www.illusion2.net/...

ㄴ 썬셋
넌 왜 또 나한테 지랄이야 ㅇㅅㅇ ㅋㅋ 접속 중이네? 딱기다려

ㄴ (익명)
윗놈 겜 접겠군ㅋㅋ

(익명)
선율에 핵쟁이 있다던데 이새끼 아님?

ㄴ 썬셋
ㅇㅅㅇ>??ㅋㅋ

(익명)
이번 주에 이시스맵 누구누구 붙음?

ㄴ (익명)
선율vs퀸즈나이트
포세이돈vs서저리
로마너스vs한전강자

(익명)
담주가 결승전인데 현재 점수 보니까
포세이돈 선율 둘이 뜨겠네ㅋㅋㅋㅋ

ㄴ 썬셋
ㅇㅅㅇㅋㅋ

ㄴ ㅈi9별
우리가 이길듯>_<?ㅋㅋ

ㄴ 썬셋
?지구별님 어디세야ㅇㅅㅇ

ㄴ ㅈi9별
집인데요?

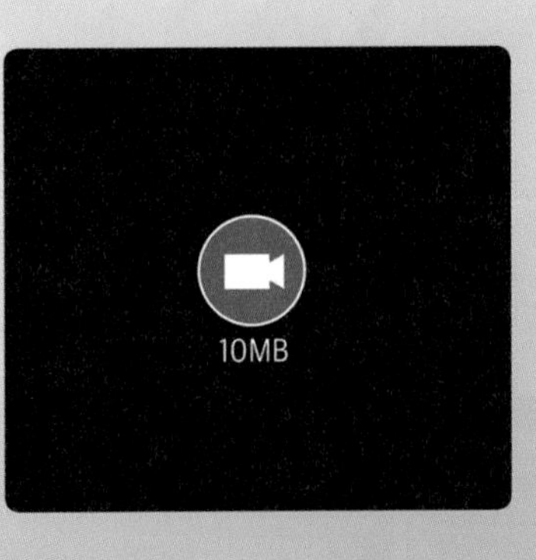

…
영상 주는 데
무슨 하루나 걸리나
했더니…
자막을
달아 왔네;

힐러 스태프 평타에 맞아 죽은 부분.

▶ 아니 힐러한테…? ㅋㅋ 바보… ㅇㅅㅇ
이건 걍 맞아 죽은 거임.
장비 문제 같은데 싹 캡쳐해서
사진 보내줘요

상대 킹세이버를 만나자마자 의문사한 부분.

?
툭
▶ ㅋㅋㅋㅋㅋ 대체 왜 죽은 거임?
포션 자동 사용 기능을
체력 70%로 올려봐요.

냥이냥나냥을 돕다
정의롭게 전사한 부분.

▶ ?? 냥냥이 잘하고
있는데 방해 ㄴㄴ

?
냥 님은
내가 지킨다!
……
머쓱…

이해 안가는 부분 있음 말해요 >_<」

…큰일 났네.
이걸 봐도 크게 고칠 수 있을 것 같지 않아….
긁적…

포세이돈

오늘 저녁에 길드원 반반씩 나눠서 점령전 연습할 건데

혹시 개인적으로 연습하고 싶은 분들은 9시 이후에 잠깐 접속해주세요!

강제는 아니고 시간 되시는 분들만!

야근ㅠㅠ

야식ㅠㅠ

ㅡㅡ

저 친구들이랑 영화 보고 나옴! 금방 갈게요.

여러분 백해무익한 현생에 과몰입하지 말고 겜생 좀 사세요.

연습 게임…
결국 유저들의
성화를 못 이겼는지
공성전 연습 게임 모드가
추가되었다.

기존 게임이랑
스타일이 아예 다른 데다
주말에 한 번 열리는데
연습 겜이 없으면
말이 안 되긴 하지.

나도 어떻게든
1인분은 해야 해.
탁…

이렇게 빠르게
연습 게임을
하게 될 줄은 몰랐는데
나 때문인가….
추욱…
부담감

퐁!

직업 상관없이 낄 수 있는 장비들 *금제 풀어놔써여!
24시간 지나면 거래 가능하니까 내일 빌려드릴게여 >_<
부담감x2
앤 또 왜 이래!

*금제란?
해킹을 방지하기 위해 귀중한 아이템을 바로 거래가 불가능하게 만드는 기능으로

금제가 걸린 아이템은 타인에게 양도가 불가능하며,
금제를 푸는 데에도 짧게는 24시간, 길게는 48시간까지 걸린다.

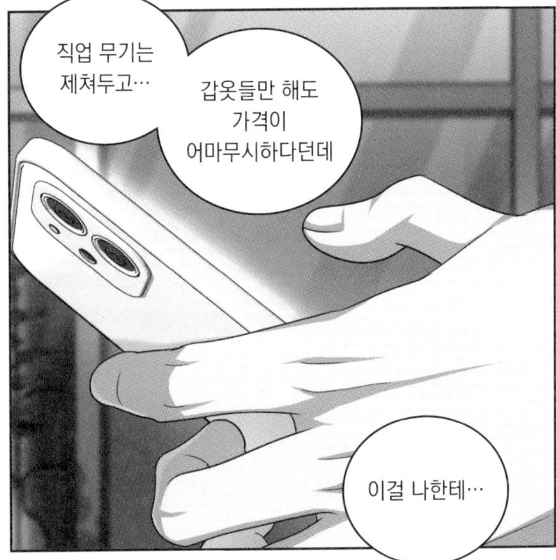
직업 무기는 제쳐두고…
갑옷들만 해도 가격이 어마무시하다던데
이걸 나한테…

토도독
왜 이렇게까지 신경써줘요?

퐁!
? 형이 많이 죽으면 지잖아여ㅋ
ㅇㅎ

나를 위해서가 아니라 길드의 승리를 위해서였구나.
그럼 뭐…

쿵-
…가 아니라
승패가 나한테 걸린 건가?!
으으… 부담감이…

퐁!

근데 지금 대체 어디예요?

왜 일루전 안 들어옴?

저 아직 밖이라서…
엥??

왜요?
먼저 나갔었으면서
…?
머가요?
아.

어ㅈ

엊

ㅇㅏ니 어제!

겜에서먼저나갔ㅇㅅㅈ다고

라는 말이ㅔㅇ요

…뭐야,

뭘 이렇게
횡설수설…
그래서 어네ㅈ드ㄹㅓㅇ와요?ㅋㅋ

금방 들어가요.
운동 갔다가 지금 집 앞 카페 와있거든요.
네???
카페ㅔ는왜요〉?
기달ㄹ리는사람이라도 있어요?

아까부터 뭔 소리야?
얜 카페를 사람 만나러 가나.
음료 마시러 가는 거지.
왜 갔냐니까요?
띵
저기요??
띵
형…
띵
진짜 누구 기다려요?
띵
왜 답장 안 해요 읽었으면서!
띵
호록…

포포포포포퐁!
탁!!

시끄러워요. 집착 ㄴ
누구 만나러 온 거 아니고요.
오늘 커피 한 잔밖에 안 마셨더니 카페인 땡겨서 왔어요.
금방 갈 테니까 보채지 마요.
타다다다닥

참나.
툭

……

슥-
쿠키나 사서
올라갈까….

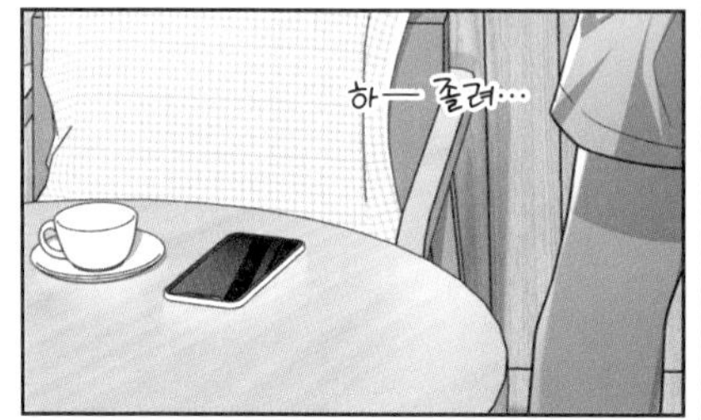
하— 졸려…

퐁!
홀블루
지구 : 왜 저한테 머라고해요
8:1

지잉-…
저벅

부스럭…

…응?
지긋—…

…아, 전에 살던
주민인가?

슬쩍
902호…
우리 집인데?
902

안녕하세요.
흠칫

스윽…

전에
902호 사시던
분이죠?
저벅

그간 잘못 온 것들은
전부 반송함에
넣었는데…

…예?
제가 902호에
새로 이사
들어왔거든요.

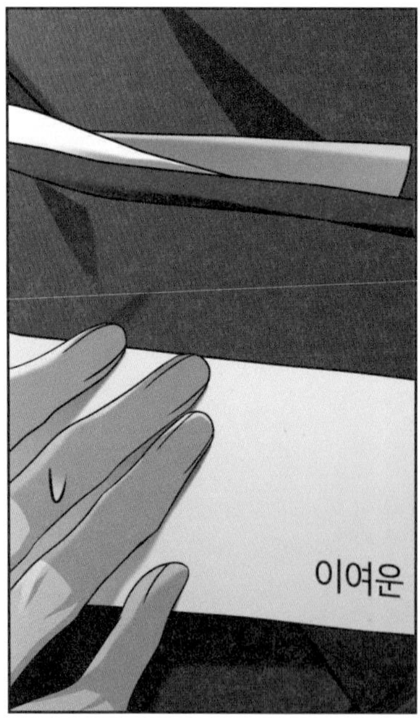
이여운

슥
…

잠깐
줘보실래요?
탁
아…!

팔락
팔락
…뭐야,
다 내 건데?

대한대학교
응?
xx시 xx구 xx로 xxx 901호
윤지구 귀하

……잘못 온 건
없는 것 같은데,
따로 찾으시는
우편물이라도
있으세요?
움찔
저한테 번호
남겨주시면
도착하고 나서
연락드릴게요.
GYM
…아뇨,
됐습니다.

아니면 제가
보내드릴까요?
집 주소가
어떻게 되세요?
칫

됐다니까요.
휙

지이잉-
후다닥
…뭐지?

…일단 이건
돌려놓자.
슥
대한대학교
xx시 xx구 xx로 xxx 901호
윤지구 귀하
901
달칵

42화
ILLUSION...

형, 머 하나만 물어봐도 돼요? 〉_〈??

여태 뭐 하다 이렇게 늦게 왔어요?
그냥 올라오려니까 미련이 막 생겨서? 그래서 그랬나? ㅋㅋ
꼼지락
꼼지락

누굴 기다렸길래ㅎ
저 장비 풀었는데 어때요?
…말 씹는 거 봐.

일단 지금 장비 그대로 한 판 뛰어볼게요.
스킬 취소만 조심하면 되죠?
와ㅋㅋㅋ 말을 자유자재로 씹네?
심드렁~
아까부터 영문 모를 말만 해대니 걍 무시하는 게 답이지.

와— 인성!
형 그러다 나중에 후회할 일 생겨요, 진짜!!
얼추 모였으면 연습 게임 시작할게요—!
네에—!

아, 진짜!!
쾅쾅
답답!

-연습 게임-
콰앙—!

'지9별' 님께서
적군의 성채를
공격하기 시작했습니다!

(A팀) Lv.250
나이트 스피어

과과과광

!! 지구별 님 벌써 도착했다는데요?
(B팀) Lv.240
발키리
(B팀) Lv.242
킹세이버
아직까지 괜찮아요. 봇들 방어 배치해놔서 시간 벌이 될 거임.
근데 저쪽은…
스윽
모아놓은 직업들 보아하니
지구별 님 믿고 성벽 방어보단 공격 스탯에 몰빵했을 것 같은데…
바로 뚫으면 될 것 같지 않아요?
(A팀) Lv.227
섀도우 워리어
(A팀) Lv.245
프리스트
들켰다!
촤르르륵
으랏차!
쌔애액

스윽
…어?
파바박

쾅~!

'박휘벌래' 님께서
사망하셨습니다.
부활까지 20초…
'neutaaaa' 님께서
사망하셨습니다.
부활까지 20초…
아니, 뉴 님!!
어떤 딜러가 힐러를
방패로 삼아요!!
ㅋㅋㅋㅋㅋㅋㅋㅋㅋ
ㅋㅋㅋㅋㅋㅋㅋㅋㅋ
ㅋㅋㅋㅋㅋㅋㅋㅋㅋ
저도 개피라
순간
당황해서…

와!! 지켜줄 줄
알았더니!!!
으, 최대한 죽지 않는 걸
목표로 삼았더니
더 어렵네.
팀원들
발목이나 잡고.

다음 판부터는
절대 힐러 뒤에
숨지 않겠어!

사망 1위
'neutaaaa'
……

보니까 뉴 님 장비에 방어력이 하나도 안 발려 있는 것 같아요.
어쩐지…

ㅇㅇ 장비 바꾸면 덜 죽을 듯.

시무룩…

…저 그냥 공성전 빠질까요?

뉴 님.

못한다고 뺄 거면 애초에 길드원으로 받지도 않았어요.

그러니까 무조건 참여하세요.

길마님…

제가 못하는 건
맞다는 뜻…
……
휙

ㅋㅋㅋㅋㅋ
ㅋㅋㅋㅋㅋㅋ
웃다가 기절.
차라리
때리세여ㅋㅋㅋ
울 길마님
마음에 없는 말은
못 하는 사람임.
음…

뉴 님, 리틀포레는
얼마나 했어요?
한 2년?
했나….

근데 왜 게임할 때
제일 중요한 걸
몰라요?

??

실력보다
중요한 게 있어요.

바로
'남 탓'이에요.

-납득 완료-

그래도
저 때문에
진 것 같은데…

ㄴㄴ

나 때문에 졌다.(X)
저 새1끼 때문에 졌다.(O)
자, 해보세요.
척-

팟—

아ㅋ…
피통 작은 바퀴벌레가
방패 기능을 제대로
못 해서 죽었다ㅋ
스윽—
?!

ㅋㅋㅋㅋ
ㅋㅋㅋㅋㅋㅋㅋ
옳지 잘한다.
개잘함;;
학습 능력
오져ㅋㅋㅋ
개억까야
이거!!
ㅋ
ㅋ
ㅋ
ㅋ

ㅋㅋㅋㅋㅋ
띠롱!
'지9별' 님께서
우편을 보내셨습니다.

어?
언제 나가서
우편을 보냈대?
있었는데요,
없었습니다

일단 임시로 이거 빌려줄게요!
금제 아이템은 풀리는 대로
우편 보냄 ㅇㅇ
그렇게 게임이
이기고 싶었나.

우와…
S+

훗

…그래도 좀
고맙네.

……
…운 씨
…여운 씨!
…으.
뭐야, 아까부터…
헉…
헉…
머리 울리게…

여운 씨, 얼굴이
왜 그래?
헉…
네…?

척…

철싹…
여운 씨
열나는데?
후우-
대리님 손,
시원해요…….

에헤이,
징그럽게
뭐 하는 거야.
휙~
에엥…

얼른 조퇴하고
병원 가봐.
퇴근 시간
얼마 안 남았으니까
그냥 가도 돼.
네에….

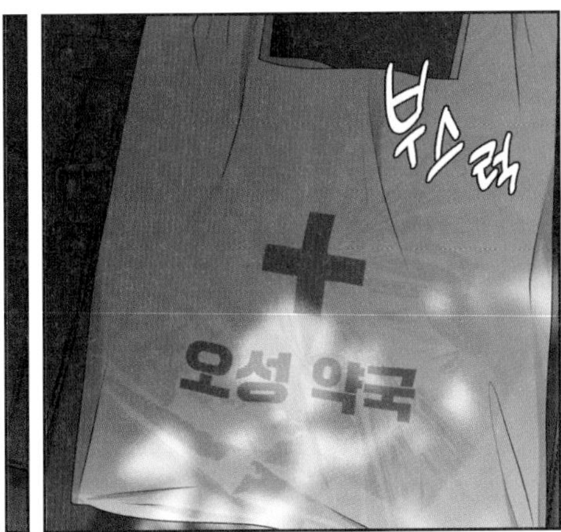
부스럭
오성 약국

하아…
아까까지는 더워서
땀이 주룩주룩 나더니
지금은 이 무더위가
춥게 느껴지네.
하아…
얼른 집에 가야…

어?

…아,

지구 씨…

효, 효자가
될 거예요….
孝
子
…?
아… 네…
멋지네요….
척

그, 그럼
이따 봐요!
타다닷

이따…?
아…
나 오늘 수영
못 갈 것 같은데…
어질

스윽…
901
902
701
702

연락처 주세요.

43화
ILLUSION...

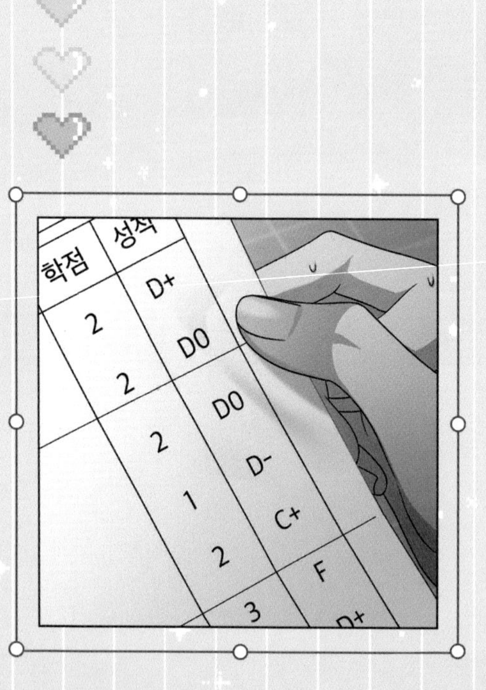

학점
성적
D+
2
D0
2
D0
2
D-
1
C+
2
F
3

번호 주세요.
……

찾으시는 게 뭐길래
남의 집 우편함을
이렇게 뒤져요?
도착하면
연락드릴 테니까
번호 주세요.
꾸욱
아뇨,
됐습니다….

스—

그쪽, 902호
사시던 분은
맞으세요?
다,
당연하죠….
902
성함이…
최철강 씨였던가?
맞아요,
제가 최철강……

어? 아닌데.
민용기였는데.
…!!

…개명을.
그새
부모님 성이
갈렸나요?
윽….
젊은 나이에
빈집털이범이라니…
움찔
…사람이
그렇게 살면
안 돼요.

뭐,
뭔 소리야,
미친놈이!
퍽
읏!

으, 도둑놈…
하아
잡아야 하는데…

어질…

몸 상태만
좋았어도……
하아…

그래도 없어진 건
없는 거 같…
너덜..

어…?
하나가
뜯겨 있네….
부스럭
부스럭
멈칫

학점
성적
D+
2
D0
2
D0
2
D-
1
C+
2
F
3
D+
……
어떻게
이런 학점이
존재할 수가…

…아니, 그게
문제가 아니고.

DH
대한대학교
이거
윤지구 씨
거…

……
…내가 이거 본 거 알면
화낼 것 같은데.

기껏 친해졌다
싶었더니…

2
…또 경계하게
생겼네.

토도독
톡…

저 오늘 게임 못들어가요
아파서....
오후 7:20

하아…
톡…

윤지구 씨한테
성적표 줄 때까진
잠들면 안 되는데…
성적표도…
못 본 척…
해야…
깜빡

지잉…
지이잉…
?
갑자기 아프다고요?
어디가 아픈데요?
오후 7:30
지잉…

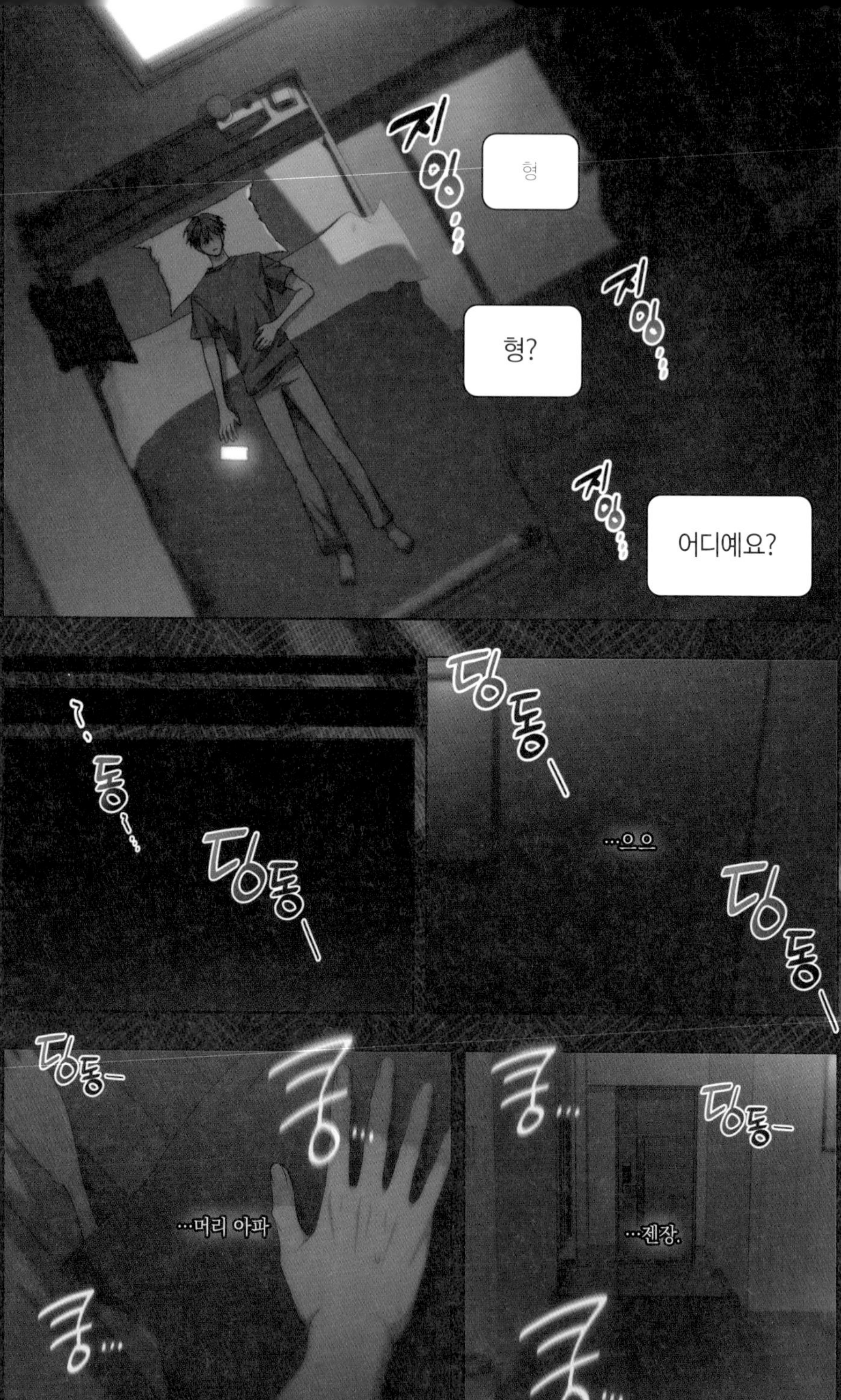

지잉..

형

지잉..

형?

지잉..

어디예요?

?, 동~..

딩동—

딩동—

…으으

딩동—

딩동—

쿵…

…머리 아파

쿵…

쿵…

딩동—

…젠장.

쿵…

쿵…
철컥
쿵
쿵
누가 이 시간에…
쿵

쿵
…아.
쿵

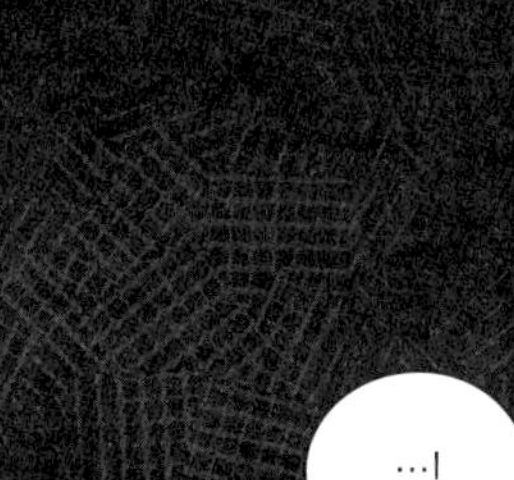
…!

쿵…

… 기요!

어질

저기요!
흔들

…응?
…윤지구

괜찮아요?
헉…

왜,
왜 이래요?
헉…
수영 끝나고
뛰어왔나…?
감… 기…
헉…
머리카락이
젖어 있네…

헉…
약은요?
헉…
식탁…
에…

어… 근데
윤지구가 집엔
왜 찾아왔지?

헉…
…아.

DH
대한대학교
xx구 xx로 xxx 901호
윤지구 귀하
귀신이네…
돌려… 줘야…

스윽…

비틀…
저기요!

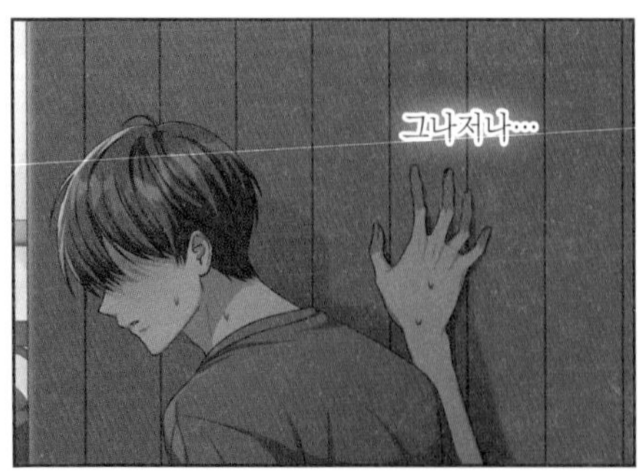
그나저나…

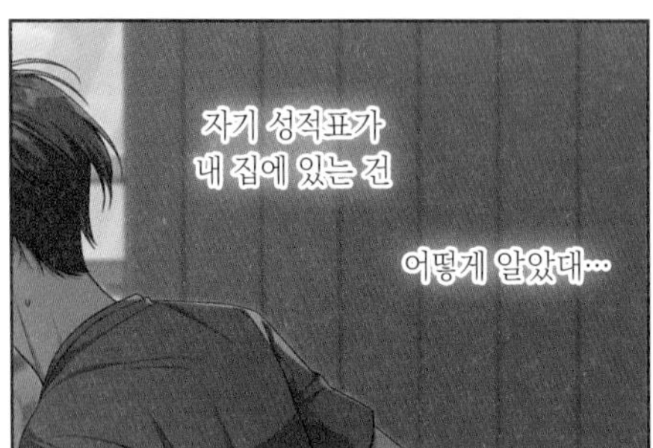
자기 성적표가
내 집에 있는 건
어떻게 알았대…

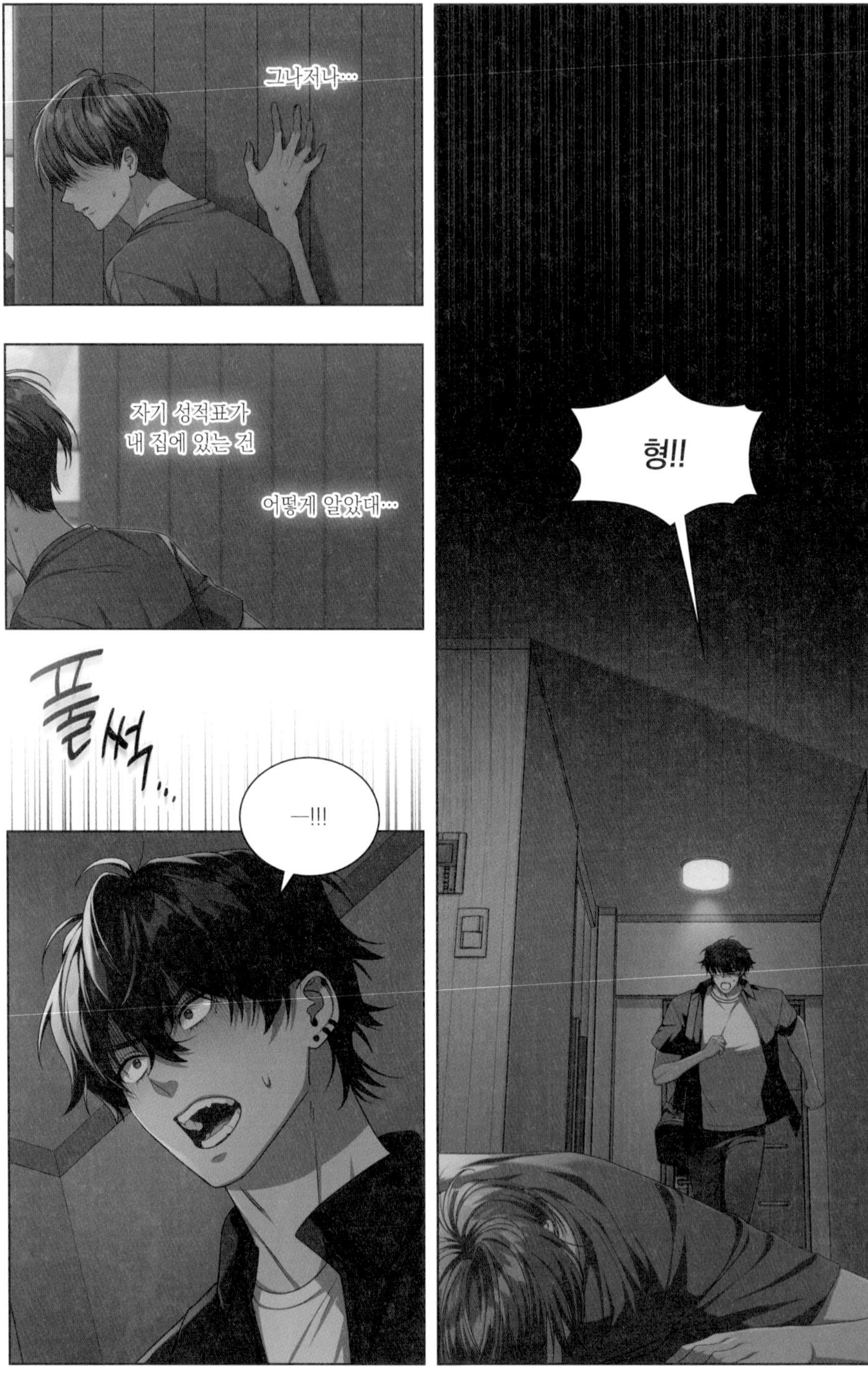

풀썩…

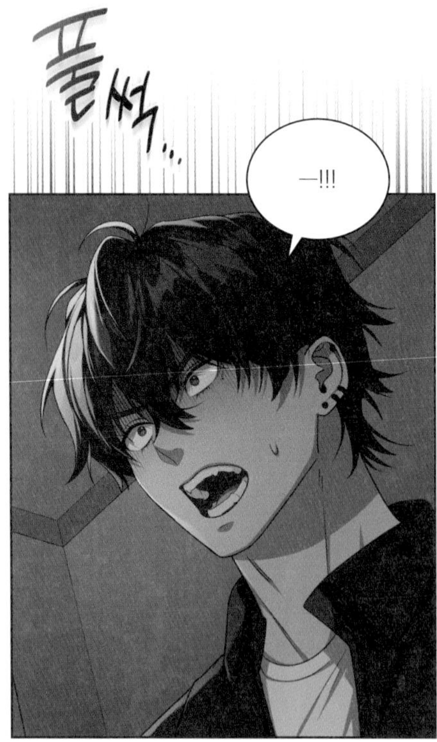
—!!!

형!!

헉…
헉..
…형?

허어…
스윽

맴-
맴-

맴-
맴-

깜빡..

…여긴 어디지

아, 머리야.
내일 회사
못 가겠는데…
저벅
깼어요?

……

…?
멍…
달각

저희 집이에요.
아…

제가 데려온 건
맞는데요,
착각하지 마세요.

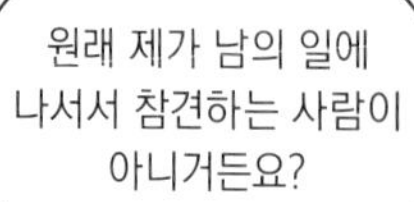
원래 제가 남의 일에 나서서 참견하는 사람이 아니거든요?

그냥 열이 너무 많이 나길래…
…안 물어봤는데

거기 가만두면 진짜 죽을까 봐…
옆집 초인종에도 제 지문 남았을 거 아니에요.
그러면 저 사망 방… 방치죄? 그거잖아요.

그렇다고 해서 막 응급실 갈 정도는 아닌 것 같아서…
잠깐 깰 때까지 지켜만 보려고 한 거니까 오해 마시라고요.
…오해 안 하는데

그러니까 왜 그 몸을 하고 에어컨은 그렇게 세게 틀어놔요!
그러니까 감기에 걸리지.
진짜 웃기는 사람이야….
열도 엄청 나면서 에어컨을 왜…
지구 씨…

픽…
…얘가 원래 이렇게 말이 많던가

고마워요.

44화
ILLUSION...

안절
부절

크흠.

그래도
약 먹어서 그런지
열은 많이
내린 것 같네요.
먹이는 데
고생 좀
했는데…

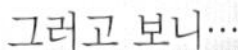
그러고 보니…

누가 나한테
약을 먹였던 것
같기도…
…그게
지구 씨였구나.

지구 씨가
마침 집에 찾아와서
다행이야.

후우…

아까 전 몸 상태로
아침까지 쓰러져 있었으면
큰일 날 뻔했…
아.

맞다, 그…
성적표 말인데요.

…네?
대한대학교
성적표요.
어?

갸웃
지구 씨,
그것 때문에
저희 집 찾아오신 거
아니에요?

……

아…
아!! 그거요?!
맞아요,
그, 그, 그거!
버벅
버벅
기억나셨어요?

그, 그쵸!
그게 아니면
제가 그쪽 집을
왜 가요?!
그쪽한테
관심도 없는데!
척
척
그…
일부러 가져온 건
아니에요.
풀썩

누가 저희 집을
털려고 해서
막으려다가 그만…
?!

…네?
그게… 어떤 미친놈이
저희 집 우편물을
막 뒤지더라고요.

티비에서 봤는데, 그게 빈집털이범 수법이래요.
집에 사람 없는 거 확인하려는 거라던데…
부스럭…
행동이 수상한 게 딱 도둑이었어요….
…하여튼 그 사람 손에 들려 있던 걸 통째로 다 들고 올라왔는데요.
그 와중에 지구 씨 성적표가 살짝 뜯겨서…
……
봤어요?
엥? 성적이요? 당연히 안 봤죠! 봉투가 뜯겼다고요.
맹세!!!
…라고,

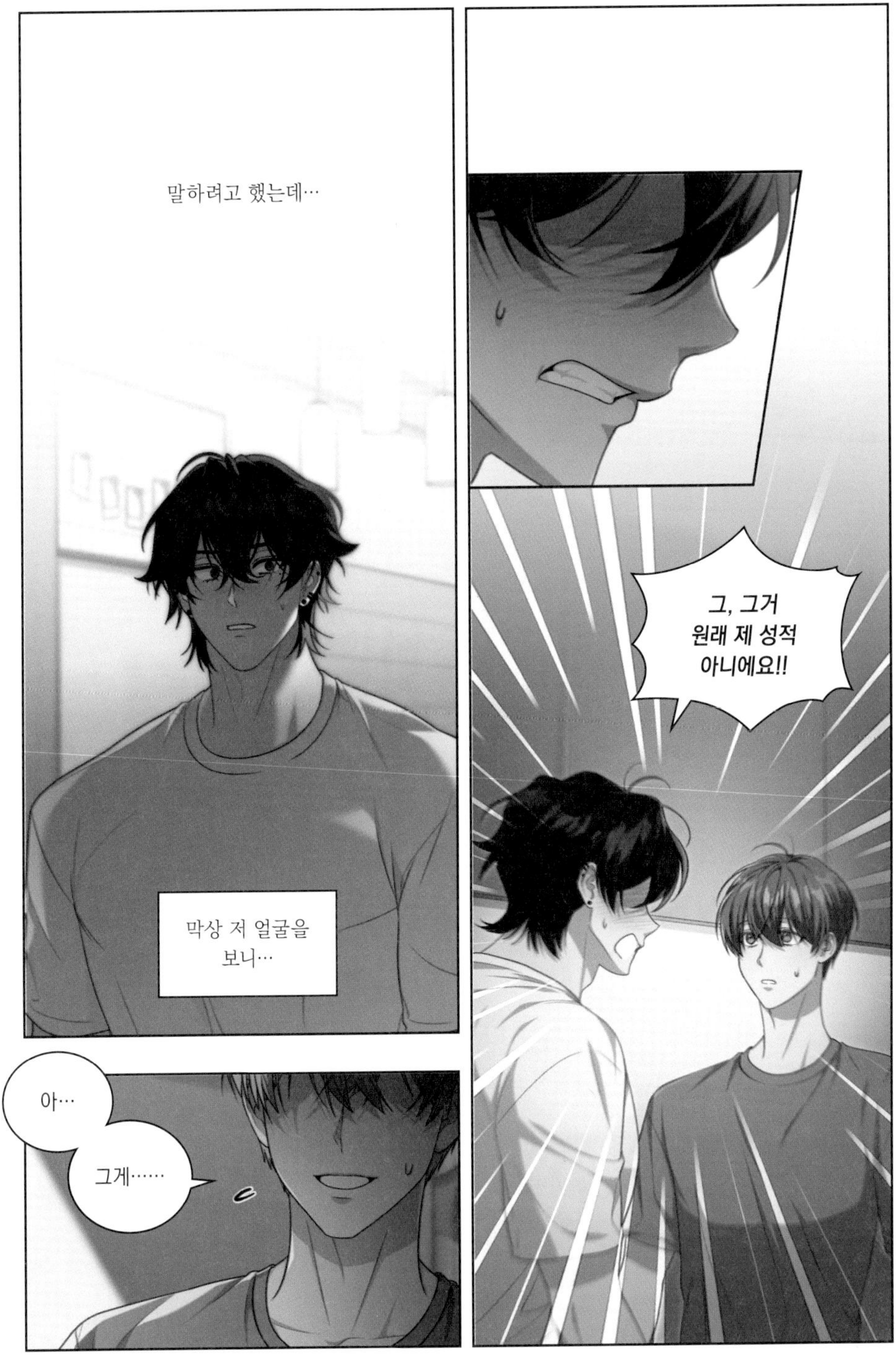

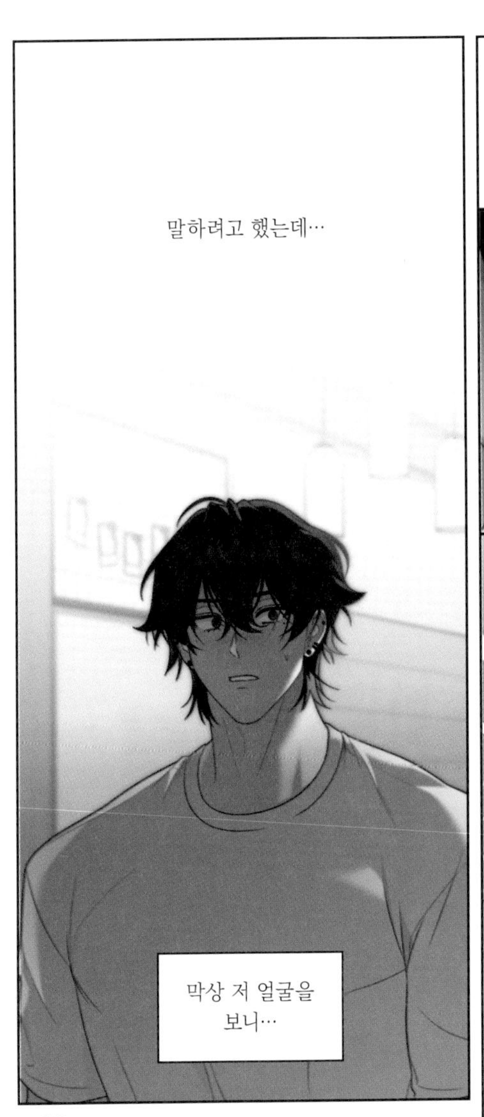
말하려고 했는데…
막상 저 얼굴을
보니…

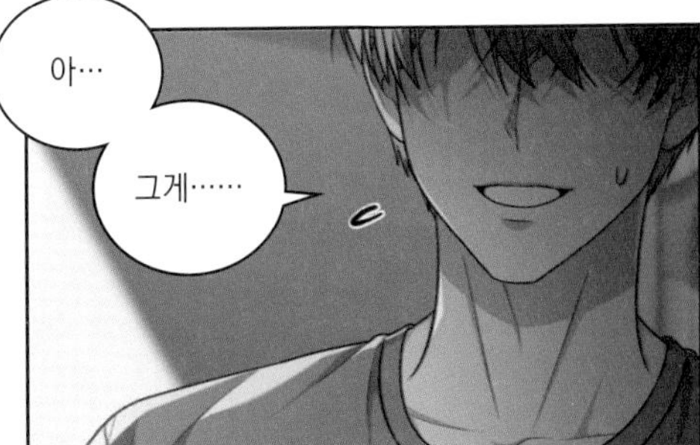
아…
그게……

그, 그거
원래 제 성적
아니에요!!

…시험은
다 봤어요.
근데
출석 점수 때문에
어쩔 수 없이…
진짜거든요.
저 1학년 때는
A도 받고 그랬어요!
진짜로…
1학년 때 성적표
보여줄까요?!
끔뻑
아뇨…?

니 성적 거지 같다.
…라고
말할 수는 없고.
학교…
잘 안 나가시나
봐요?
……
그…래요!
성적이 뭐가 그리
중요해요?
그냥 대학 생활
즐겁게 보내면
되지.

…그래도 학교는
나가죠?
…시험 볼 땐
가거든요….
중얼
……

…그런데

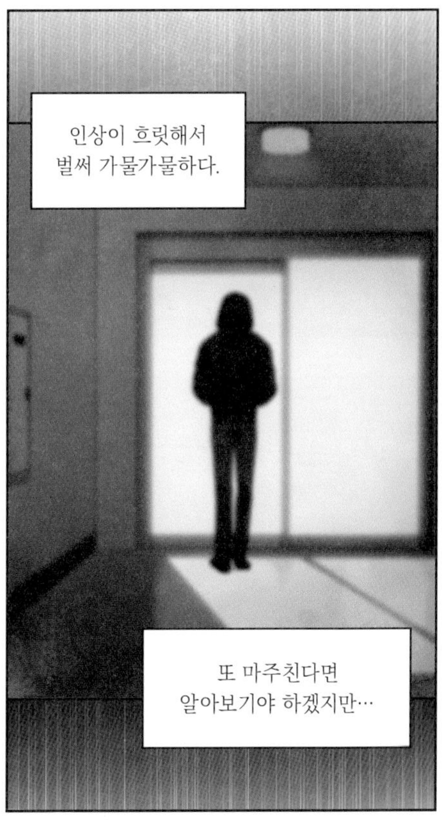
인상이 흐릿해서
벌써 가물가물하다.
또 마주친다면
알아보기야 하겠지만…

그쪽 우편함
털던 사람,
얼굴 기억해요?
기억은
하는데…

그쪽이 보기엔
몇 살 같았어요?
글쎄요….
한 이십 대 중후반?

흐음…

그런데 저
그쪽 아닌데.
네?

아까…

형!!
저 형이라고
부르셨으면서.
……!!!

제…
제가요?
모르는 척
하시네….

'형'이 싫으면
'여운 씨'도
괜찮은데.
(유죄…)

쿵…

그, 그럼
그냥 형으로.

이게
되네.
형…도
말 놔도 돼요.

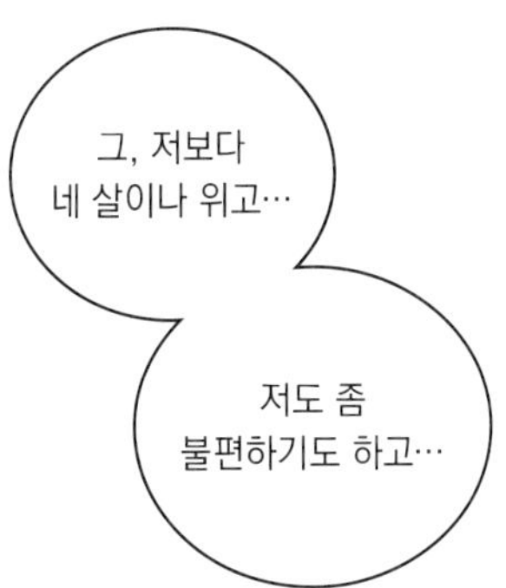
그, 저보다
네 살이나 위고…
저도 좀
불편하기도 하고…

훗
그럴까?
나 말 잘 놔.

중얼…
…진짜, 이렇게까지
티 날 일인가…
응?
아무것도
아니에요!

아, 그럼 난
슬슬 집으로…
타악
그냥 여기서
자요.

어, 그치만…
그러다
또 아프면
어쩌게요.

아니, 그래도…
타박
타박..

먼저 자요.
저는 그…
털썩
형 자는 거 보고
들어갈게요.

너 거기서
뭐 할 건데?
…게임.
…그걸
내 앞에서?

아직 덜 끝낸 거
있어서 그래요.
깜빡…

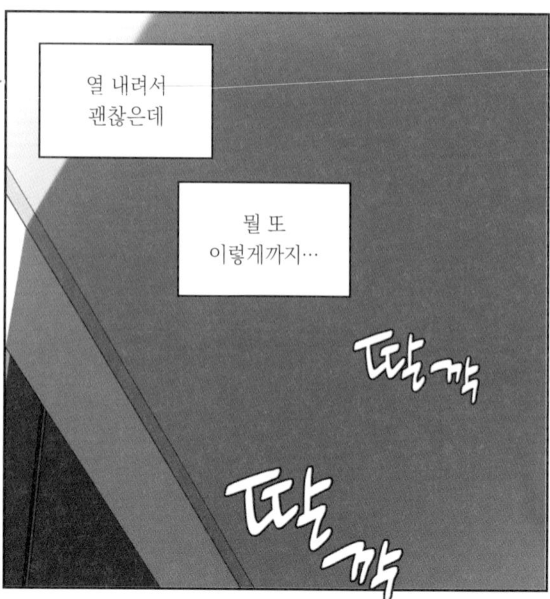
열 내려서
괜찮은데
뭘 또
이렇게까지…
딸깍
딸깍

타다닥…
…신기하다.

1년에 한두 번은
버릇처럼 앓고 넘어가는
감긴데
이런 날
누군가 옆에 있어주는 게
너무 오랜만이라…

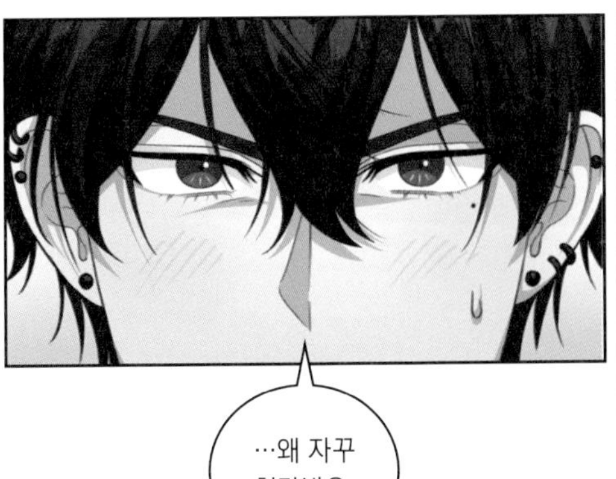
…왜 자꾸
쳐다봐요.

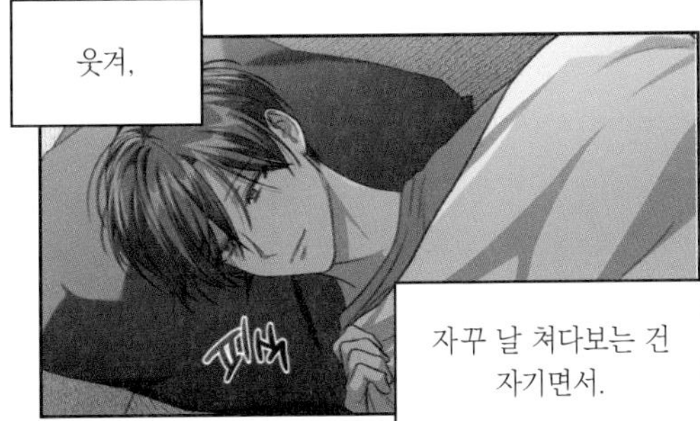
웃겨,
자꾸 날 쳐다보는 건
자기면서.

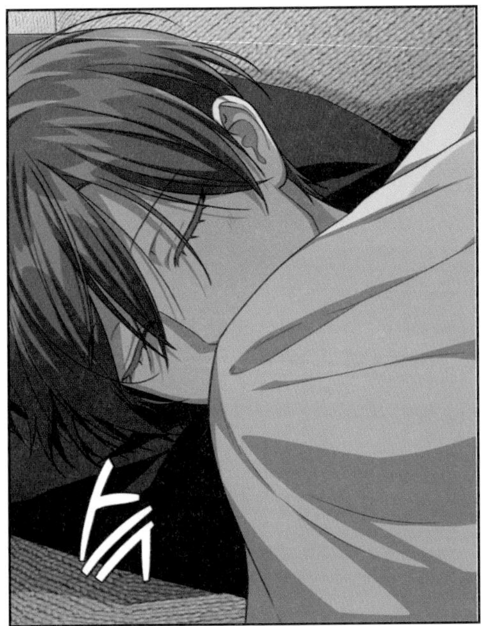

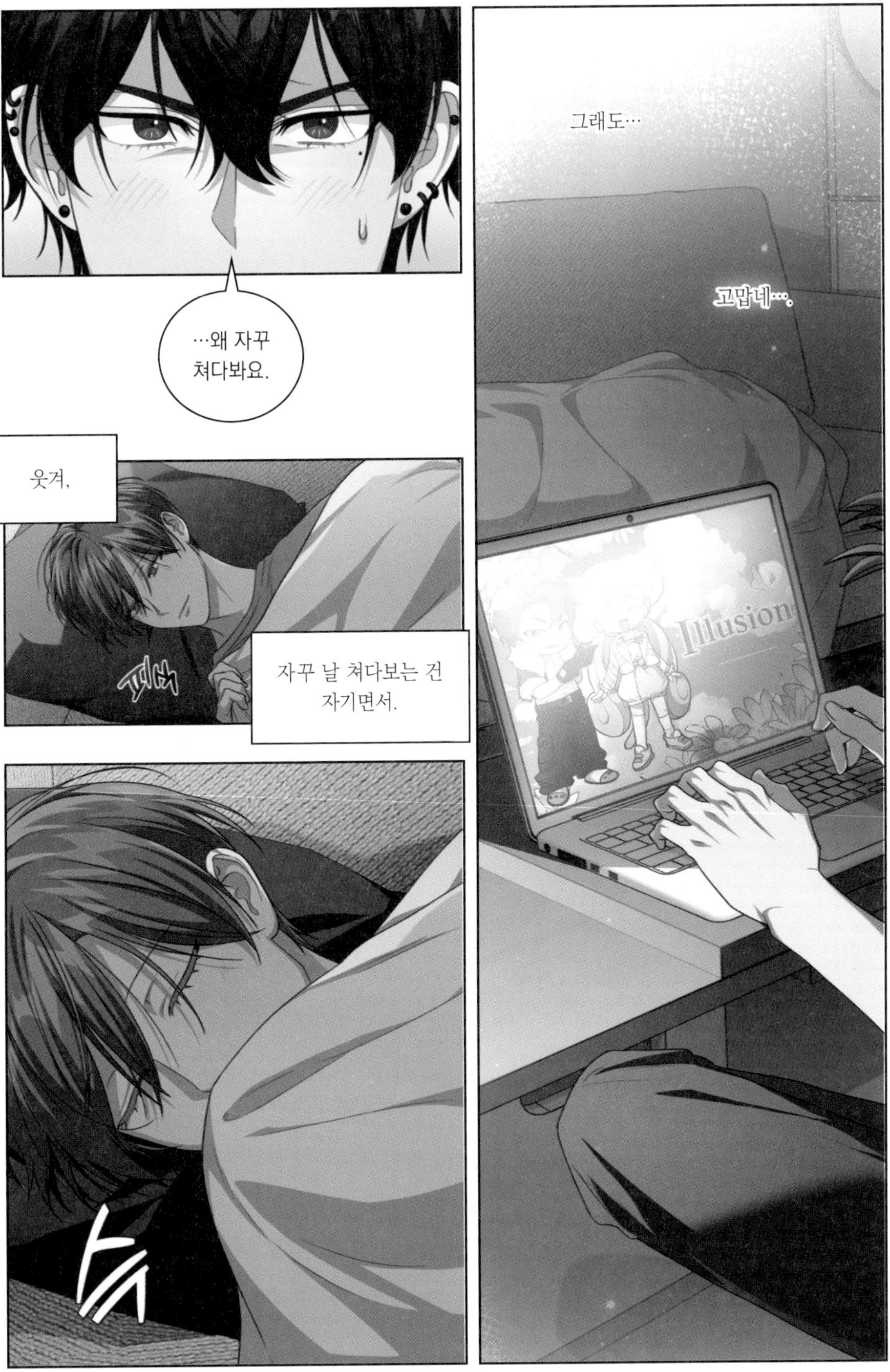

그래도…

고맙네….

Illusion

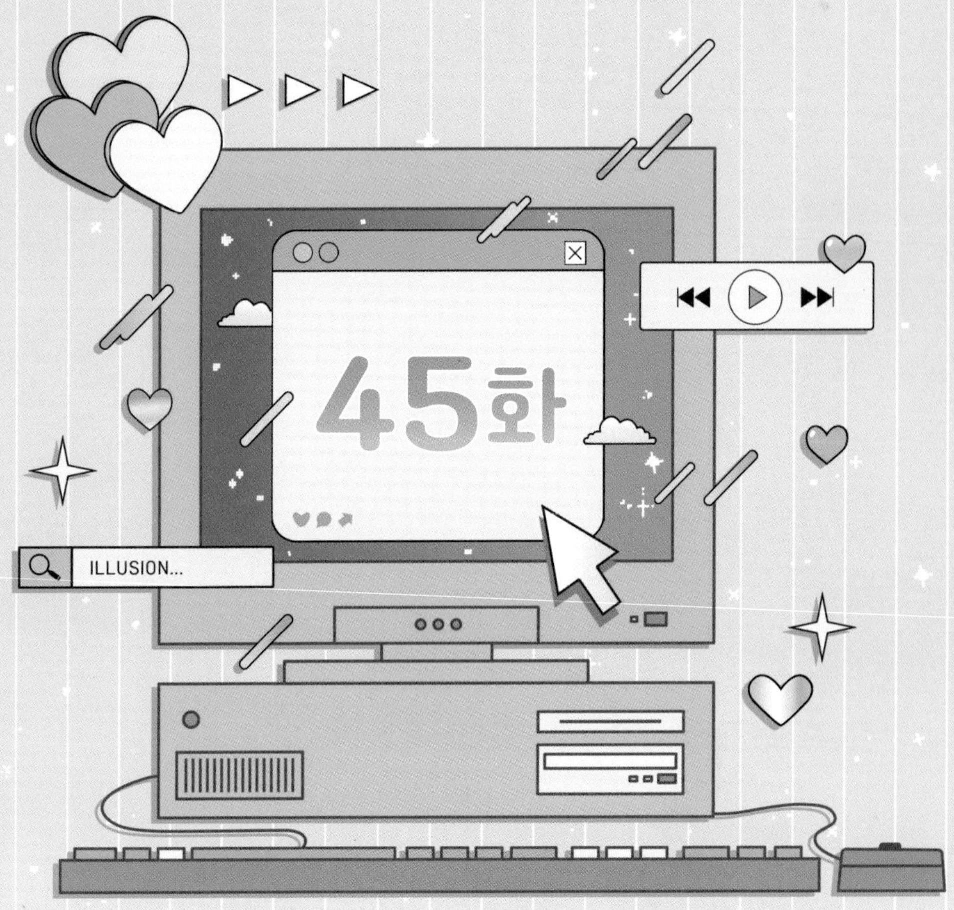
45화
ILLUSION...

그 뒤로
감기 후유증으로
한 며칠은 더
고생을 했고
여운 씨는
병약남~!
비실…
비실…

드디어
기다리던 일요일.
아…
종일 잤네.

끙…
어제
수액 맞고 오길
잘했다.
그래도 이 정도면
오늘 공성전은
참가할 수 있겠어.

비척…
오랜만에
게임 들어가
볼까.
그 전에
약 좀 먹고…

미친….
현재 시각
PM 19:10

-점심약 먹고
누운 뒤로 기억이
증발함-

점심

톡도 엄청
와 있었잖아…!

완두완다

뉴타 님 왜 안 와요?

할로윈가지

실종된 뉴타 님을 찾습니다.

박휘벌래

뉴 님… 자요? (두시 남친)

포세이돈대장

아프셨다던데
병원 가신 거 아닐까요.

토도도독-
이렇게
잘 생각은
없었는데…!!
죄송해요ㅠㅠㅠㅠ
저 자다가 지금 일어났어요.

완두완다
님 미국사세요? ㅋㅋ 쫀아침~
오후 7:11
al0ha
Hello~good Morning~
오후 7:11
완두완다
ㄷㄷ 영어 개잘해
오후 7:11
al0ha
어릴때(agi) 영어(english) 유치원을
다녀서 쫌(little) 하는 편이죠 ㅋㅋ
오후 7:11
ㄷㄷ
오후 7:11

암튼 죄송해요ㅠㅠㅠ
게임은 어떻게 됐어요?
al0ha
Bimil (씨크릿)
할로윈가지
안알라줌

오늘 매칭 상대는
〈서저리〉로
〈서저리〉 길드도
단체전은
약할 거예요.
작년에 길드전에서
활약하던 사람들 다
내분을 일으키고
나갔다고 하더라고요.
그러니까
자신감을 가지세요,
여러분!
일루전 내의
랭커가 모여 있는 걸로
유명한 길드였다.
아무리 내분이
있었다지만,
그래도 나름
1위를 유지하고 있는
길드인데…

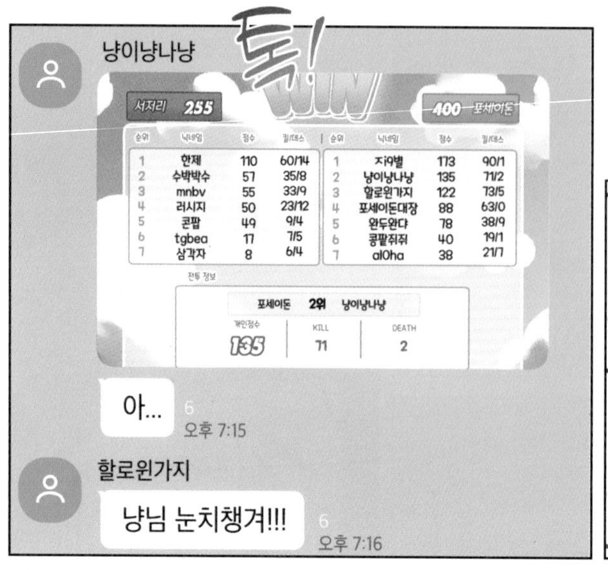

냥이냥나냥
톡!
WIN
서저리 255
400 포세이돈
포세이돈 2위 냥이냥나냥
개인점수 135
KILL 71
DEATH 2
아…
6
오후 7:15
할로윈가지
냥님 눈치챙겨!!!
6
오후 7:16

어?!
이겼네?!

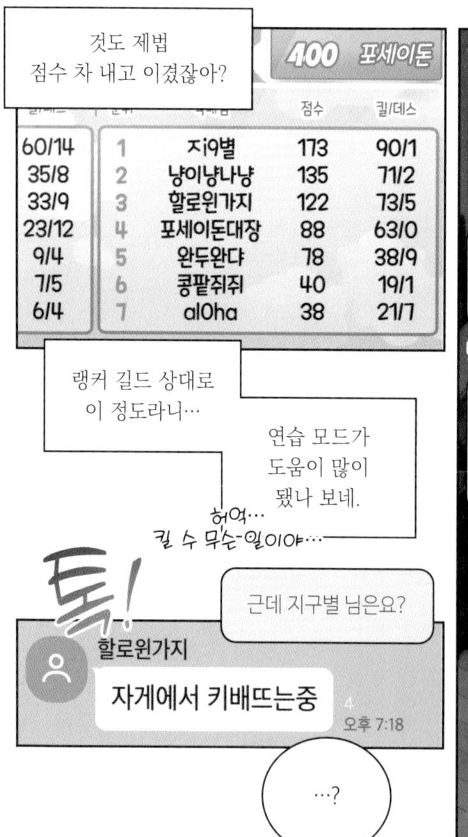

것도 제법
점수 차 내고 이겼잖아?
400 포세이돈
점수 킬/데스
60/14 1 지9별 173 90/1
35/8 2 냥이냥나냥 135 71/2
33/9 3 할로윈가지 122 73/5
23/12 4 포세이돈대장 88 63/0
9/4 5 완두완댜 78 38/9
7/5 6 콩팥쥐쥐 40 19/1
6/4 7 al0ha 38 21/7
랭커 길드 상대로
이 정도라니…
연습 모드가
도움이 많이
됐나 보네.
허억…
킬 수 무슨 일이야…
톡!
근데 지구별 님은요?
할로윈가지
자게에서 키배뜨는중
4
오후 7:18
…?

톡!
할로윈가지
근데 지구별 님 혼자 싸우는 게 아니라
ㅋㅋㅋ 선율 길마랑 합세해서 배로
신나서 싸우고 있던데 ㅋㅋㅋㅋㅋㅋ
오후 3:44
둘이 초면 아닌가? 왜 쿵짝 맞고 난리
ㅋㅋㅠ
오후 3:45
냥이냥나냥
톡!
지구별 님 타자 개빨라여ㅋㅋㅋㅋ
서저리 부길마 실시간 달리는데 속도로
압살 중 ㅋ
오후 3:46
오늘 공성전에서
무슨 일 있었나?

뭐… 지구별이
게시판에서 싸우는 게
하루 이틀도 아니고.
본 투 비
키보드 워리어…

나도 그사이
연습 좀 해서
공성전 기대했는데.
다음 주
결승전은 절대로
빼먹지 말아야지.

일주일 뒤
결승전 당일

와글
와글

결승전이라고
사람들 엄청
구경 왔네….
두리번

…어?

펄럭

두둥~

척억

척
척
척

저게
뭐 하는 거래요?
망토 입은 거 보니
리틀포레 난민인 듯?
뉴 님 응원 왔나 보네
ㅋㅋ

아.

저쪽 길마
왔어요.

펄럭...

〈선율〉 길드 마스터
썬셋

[전체]스페이드퀸:
아, 안녕하세요!
저희 길드는
다 모였어영ㅎㅎ;;
저희도
다 모였습니다!
오늘 게임
잘 부탁드려요!

?

그게… 죄송해요.
저희 길마님이 오늘
말을 못 해여… ㅠㅠ
아…
그랬죠.

듣자 하니 저번 주
준결승전이 끝난 후,

상대측이었던
〈서저리〉의 길마가
게시판에 어그로를 끈
모양이었다.

(익명) : 그래서 핵이라는거임 아니라는거임
ㄴ 한 : 유저들이 판단하시길 바랍니다^^
(익명) : 개 쿨한 척 하네 져서 ㅂㄷㅂㄷ하는거 보이는데
ㄴ : 의문을 제기했을 뿐이에요 ^^
(익 : 지구별 앤 왜 맨날 이런애들이 꼬이냐 ㅋㅋㅋ
: 맞짱 뜰거면 사사게로 가
(익명) : 2222222
(익 : 33333344444444
: 애 또 이러넴 ㅋㅋㅋㅋ 한제 저번에도 우리팀한테
지고 글 싸지르더니 버릇 도졌내 ㅇㅅㅇ
별 : ㅋㅋㅋㅋㅋㅋㅋㅋㅋㅋㅋㅋㅋㅋㅋㅋㅋㅋㅋㅋ
ㄴ (: 선율 길마 등장ㅋㅋㅋㅋㅋㅋㅋㅋㅋㅋ
ㄴ 한 : 당사자도 아닌분은 빠지세요
ㄴ : ㅇㅅㅇ
(익명) : 지구별 이 분 사주에 무슨 살 낀듯...
한달에 한번 꼭 이런 놈들한테 처맞음
9별 : 나 풀옵작 된 장비들 색깔별로있어>_<ㅋㅋ
이딴 것 까지 일일이 알려줘야한다니 지능에 문제있

‘저희 쪽’도…

전에 올린 장비랑
딜량이 안 맞는다나…

지구별은 새 장비를
뽑은 것이었다며
또 게시판을 달궜고

어째서인지 〈선율〉 길마인
썬셋이 옆에서 같이 거들다
동시에 *채금을 먹은 것이다.

*채팅 금지의 줄임말

뭐야, 이 인어공주들.
왜 대화가 통하고
난리임ㅋㅋㅋㅋ

인어공주ㅋㅋㅋ

ㅋㅋㅋ

공성전으로 진입합니다…

침착하게 잘해보자.

저번의 나와는 달라!

아픈 와중에도
지구별 영상이랑 공략 글
보면서 공부했으니까.
히어로는 근거리
원 딜러…
직업 특성 연속기로
체력 낮은 마법사 계열
직업들을 원 킬 낼 수 있다
연속기 쿨타임이…

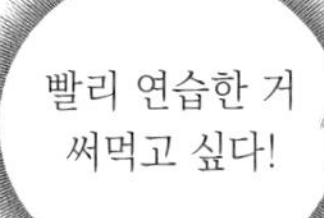
빨리 연습한 거
써먹고 싶다!
두근

두근
빼꼼
두근

톡
톡
휘적
휘적
응?
할 말 있나?

나.

너.

…주먹.

꽈
악!

저랑 싸우고
싶다고요?
답답!
쿵
쿵

응?
지구별 님이 뉴타 님
지켜준다는 거
아니에요?
이올~
휘휘~

처억!
맞나 보네ㅋㅋ
이 새끼가?!

[신고: 지9별]
아군 방해
타다다 다다닥…
평생 채금이나
당해라.

퐁!
7:42
홀블루
지구 : 아니, 제 말은요…

형 괜히 저번처럼 앞서가다가 먼저 죽지 말고
킹세이버가 방벽 치면 거기 붙어가지고 따라가서 체력 관리만 하라고요.
형한테 붙는 애들은 제가 대충 처리해 줄 테니까 1선으로만 안 나가면 된다는 얘기였음!!!
ㅇㅋ?????
얼척
…그걸 내가 어떻게 알아!

하, 근데 진짜 채팅 못 치니까 답답해서 못 살겠네;;;;; 나 신고한 새끼 영정이나 먹었으면 ㅗㅗㅗㅗ
…영정이라니 말이 너무 심한 거 아니에요?
?

전투시작 1분 전입니다.
다들 전투 태세를 갖추십시오!

척

척

두근
두근
두근

휘리릭
탓

전투가 시작되었습니다!

46화
ILLUSION...

타
다
다
닷…

…?
왜 이렇게
조용하지?
탓 탓 탓
저쪽
보급소 설치를
한 건 맞아요?
병원도
안 보이고….

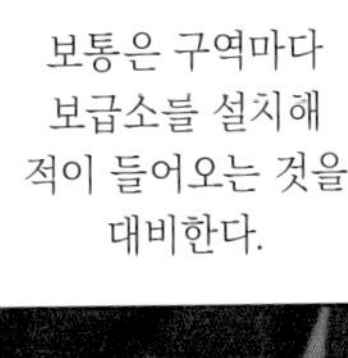
보통은 구역마다
보급소를 설치해
적이 들어오는 것을
대비한다.

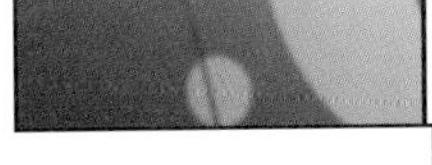
화염병이나 돌이
날아오거나,
유닛 로봇이 공격하기
마련인데…

어…?
두
두
두
두…

쟤네 인원이
왜 저렇게 많…?
우르르…
뭐지?
우리보다
앞서간 3팀은
어떻게 하고?
킬 로그도
안 떴는데요.

척!
마, 막아요!
3팀
[길드]할로윈가지:
님들아 게임이
이상하게 돌아감!!
쨔악
선율 재네
저희 공격 안 하고
걍 지나쳐요!!
쌔앵~
움찔
?!

두두
두두
…허?
두두

[길드]냥이냥나냥:
저희도 그냥 지나쳤어요.
보급소나 병원도
아예 안 지은 것 같고.

[길드]비행더블유:
선율 방금 2구역도
그냥 지나쳤는데
인원 왜 저리 많아요?

[길드]al0ha:
엥?

[길드]아몰레드레드:
공격도 안 하고…
뭔가 게임 이상한데.

어…
어쩌죠.
저희는
예정대로
성벽 치러
가죠.
저쪽보다 먼저
깨면 되니까.

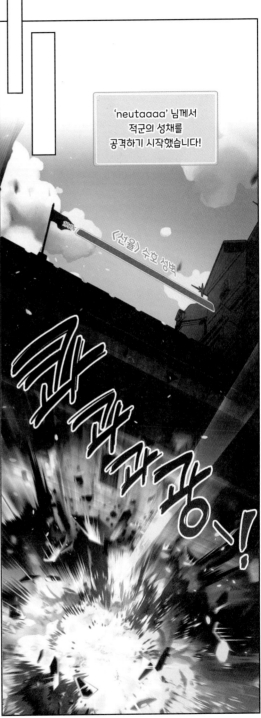

'neutaaaa' 님께서
적군의 성채를
공격하기 시작했습니다!

100%
〈선율〉 수호 성벽

콰콰콰광-!

…!

미친,
얘네 설마
〈선율〉 수호 성벽
99.9%
쿠구구구구…
성 내구도에
다 몰빵한 거?

바퀴 님 버프
부탁해요!
박휘라니깐.
—.—
투콰과과쾅

98.2%
아니, 너무
단단하잖아!

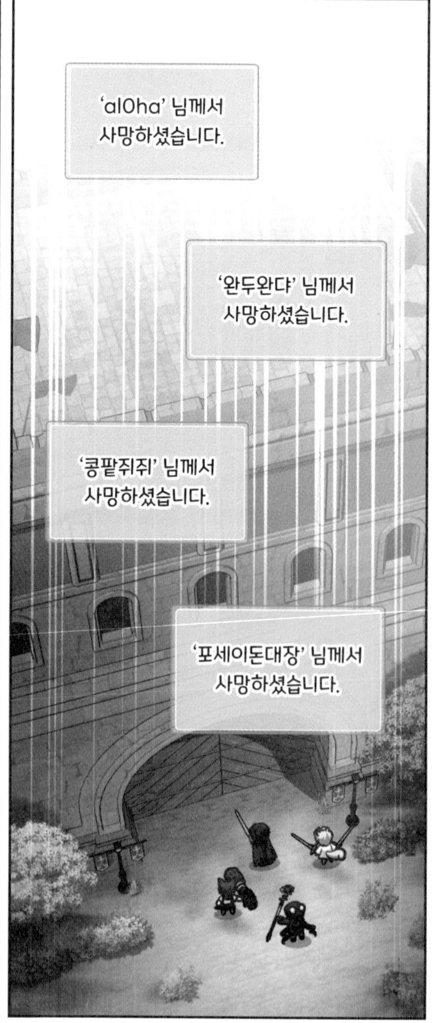
'al0ha' 님께서
사망하셨습니다.
'완두완다' 님께서
사망하셨습니다.
'콩팥쥐쥐' 님께서
사망하셨습니다.
'포세이돈대장' 님께서
사망하셨습니다.

적군 '썬셋' 님이
무자비한 학살을
시작했습니다!

적군 '설영' 님이
무자비한 학살을
시작했습니다!
1팀이
전멸…!

우리 〈포세이돈〉 길드는
방어와 공격에 밸런스를
맞춰 팀을 나눴다.
① 성벽 방어 팀
② 성벽 공격 팀
③ 구역별 탱+딜+힐

100%
〈선율〉 수호 성벽
하지만 〈선율〉은
성벽에 모든 방어를 쏟고
모든 길드원이
뭉쳐 있는 상황.

아군의 성채가
공격받고 있습니다.

아군 방어 건물
피격 중…

꽈앙..
선율은 방어보단
공격을 밀어붙이는
전략으로 나왔다.
이대로 가다간
우리 측의 손해인데…

휙

타다다다닷…
어? 뉴타 님
어디 가세요??

다른 분들
도와주러요!

어쨌든 우리는
병원이나 보급소에
분산 투자를 했으니까.
팀원들이 나뉜 상태에서
싸움이 길어지면
불리해질 게 분명해!
보급소
-공격을 보조합니다
-레벨을 올릴수록 공격력 상승
병원
-지속적인 치유를 합니다
-리스폰을 단축시킵니다
-레벨을 올릴수록 체력 상승
수호성벽
-최후의 공성 건물
-레벨을 올릴수록 받는 피해감소

저희는 그럼
성 치고 있을게요!

쌔앵

타다다다닥

…냥 님, 버프를 독차지하게 된 소감은?
샤랑~
개이득ㅎㅎ

[길드]아몰레드레드:
3팀도 돌아갑니다!
좀만 버티세요!!

[길드]완두완댜:
병원 레벨 찍어놔서
리스폰 속도는 빨라요
아직까진 버틸 만함!

[길드]박휘벌래:
저쪽은 백퍼 성에만
투자했어요!!

리스폰 속도 차이로
찍어 누릅시다!!

콰아아앙

휘오오오…
쿠우웅…
쾅

저 무기는
마법사 계열의 것이다.
즉…
히어로는 근거리
원 딜러…
직업 특성 연속기로
체력 낮은 마법사 계열
직업들을 원 킬 낼 수 있다
연속기 쿨타임이…

'히어로'의 밥!
내 밥!!!

탓!
촤좌좌좌좌악—

아니, 저 인간들
뭘 태평하게 인사를
나누고 있어!!!

슉

먼저
스턴 효과 스킬!
딸칵
파밧
“코마벌룬”!
그리고 바로
타격 에너지를
충전한 뒤
타닷

“차지 블로우”!
쏴액

때려죽인다!

“섀도우 버스터”!!

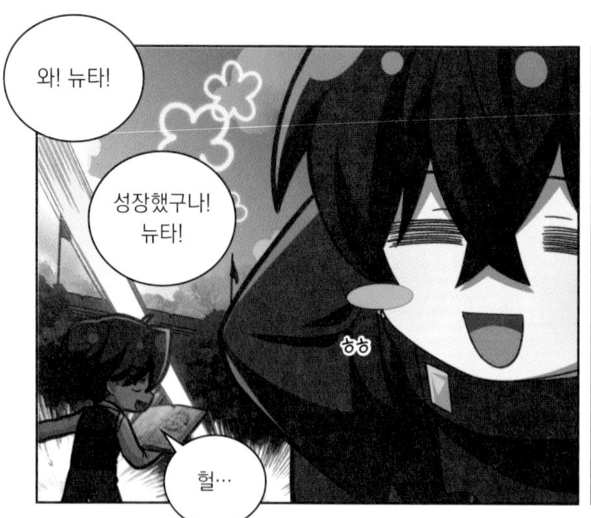
와! 뉴타!
성장했구나!
뉴타!
ㅎㅎ
헐…

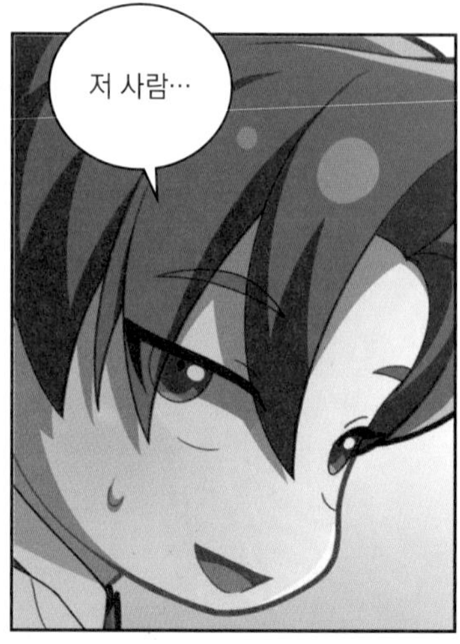
저 사람…

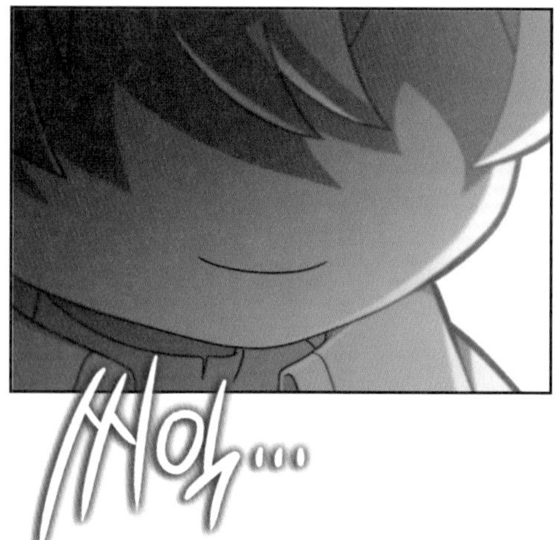
쏴아…

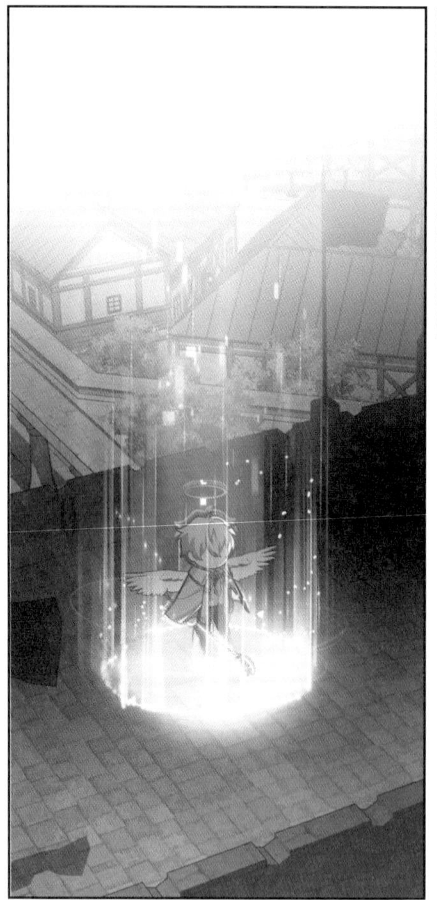

이제 큰일 났다.

'썬셋' 님께서
'neutaaaa' 님을
타깃으로 선포했습니다!

파앗—

47화
ILLUSION...

지잉
징
지잉
징
"하늘의 심판"!
지잉

쿠구궁
구구구

콰과과광

'neutaaaa' 님께서
사망하셨습니다.
부활까지 7초…
프응…
'썬셋' 님의 그림자가
적군의 피로 물들었습니다!

한 번 죽였다고 계속
날 죽이러 오네.
포르르
아까처럼 방심하고
있는 것도 아니라
반격도 힘들고.

…그리고 죽을 때마다
저러는 게 열받아.
훅 훅

…아~

얘가 님 생긴 게
맘에 안 든다는 거
같은데요?
끄덕
끄덕
?

생긴 게
ㅈ같대요.
빠직..
그게 뭐야!

휘익

사

악

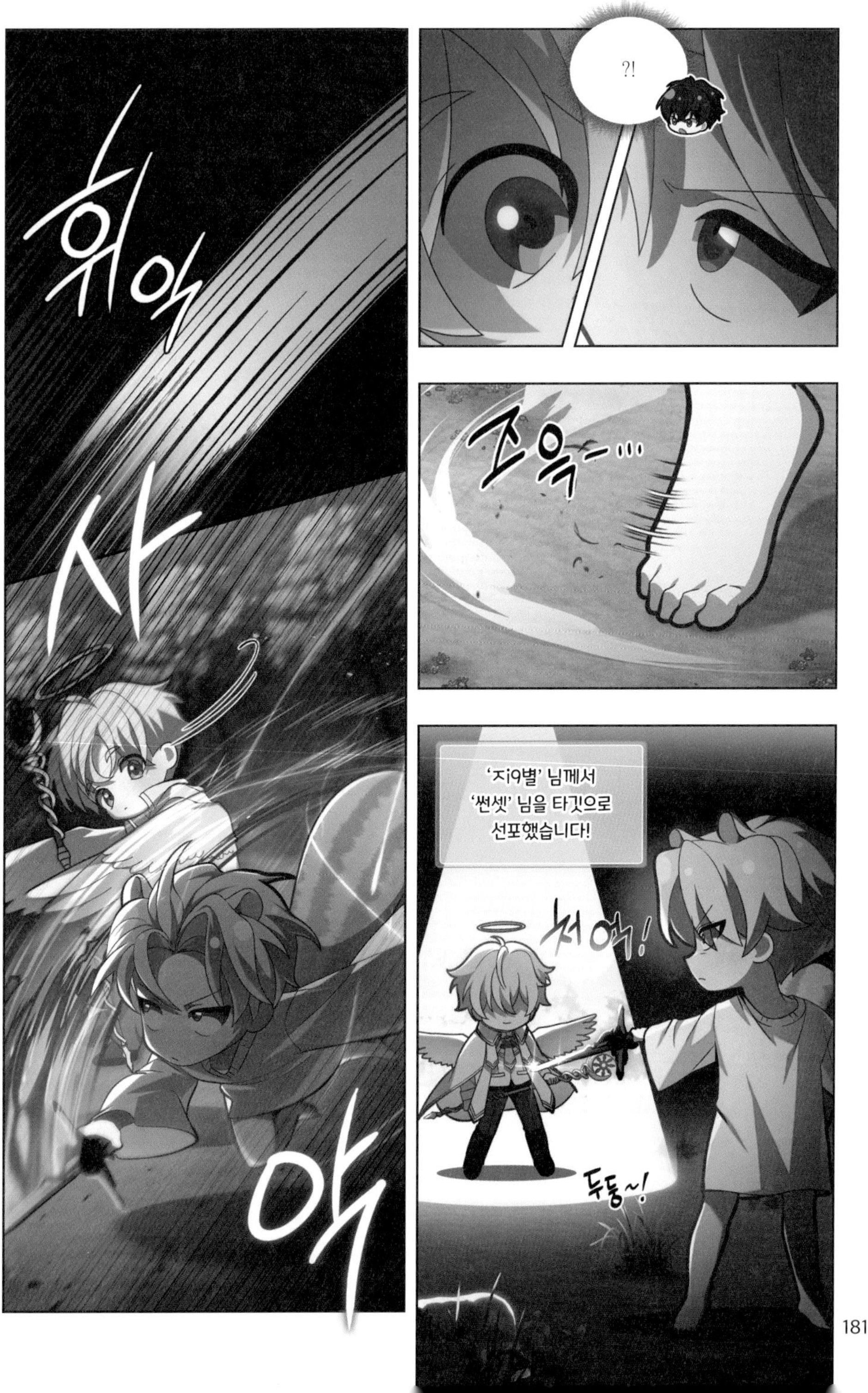

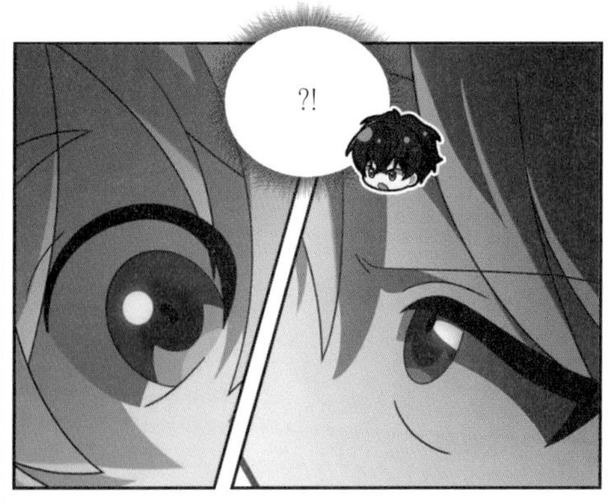
?!

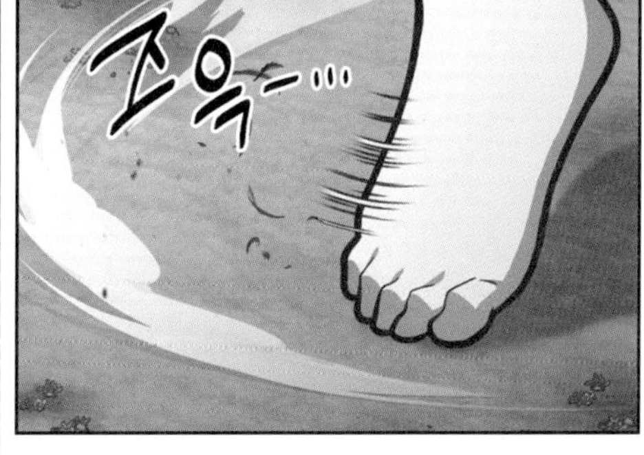
조옥-...

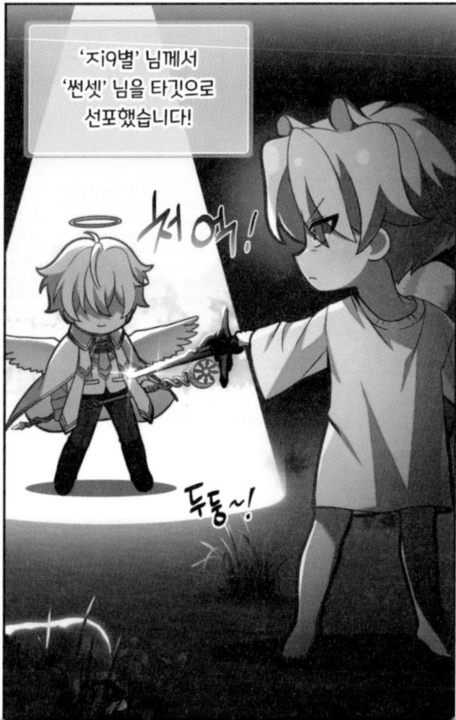
'지9별' 님께서
'썬셋' 님을 타깃으로
선포했습니다!
처억!
두둥~!

[전체]할로윈가지:
님들 셋이서 뭐 하세요??

[전체]설영:
ㅋㅋㅋㅋㅋㅋㅋㅋㅋㅋ

[전체]냥이냥나냥:
저분들 우리랑 다른 싸움을
하고 계신 듯….

이놈의 게임,
조용할 틈이 없네.

그 뒤로 게임이
어떻게 되었냐면…

리스폰 해
달려온 나를
썬셋이 죽이고

파지지
지직

그런 썬셋을 지구별이
죽이는 이상한 패턴이
반복되더니

펑-!

그사이에

파창-!

DESTROY!

'냥이냥나냥' 님께서
적군의 성채를
깨뜨렸습니다!

WIN

〈포세이돈〉 길드
WIN!

다행히 〈선율〉보다
빨리 성을
깰 수 있었다.

18:36

〈선율〉 0% 7% 〈포세이돈〉

아슬아슬한
차이였지만…

이시스 점령전을
마감합니다!
포세이돈
이시스
펄럭…

뭐가 뭔지
모르겠지만
이겨서 다행이다…!

난 결국 오늘도
죽기만 했군….
침울…
이겼다~!!
와—

우드득...

처억

척
척
척
또,
또 저러네.
어우, 징그럽
ㅋㅋㅋㅋㅋ

공성전
수고하셨습니다~

파직
파직
파직

저 인간들
말도 없이
어디 감?
일대일 뜨러 갔나
본데요ㅋㅋㅋㅋㅋ
저희도
기다리지 말고
나가죠.
타다다닥
수고하셨습니다~

훙욱...
앗.
훅...

어우,
정신없어.
후우...

그래도
재밌었다.

제가 세 판 빼고 다 이김 ><ㅋ

퐁!

헉, 세 판 넘게 싸웠단 말이야?
징하다…

ㅋㅋ왜 갑자기 싸운거?

아니 그 새끼가 옷도 아니고
형 캐릭터보고 생긴 게 ㅈ같대잖아요

그러는 지는 얼마나 잘났다고
진짜 빡치게... 남 생긴걸 지적해;;

…얘 왜 이렇게 화가 났지?
그게 왜요?
자기 얼굴도 아니면서.
토도독…

…!!

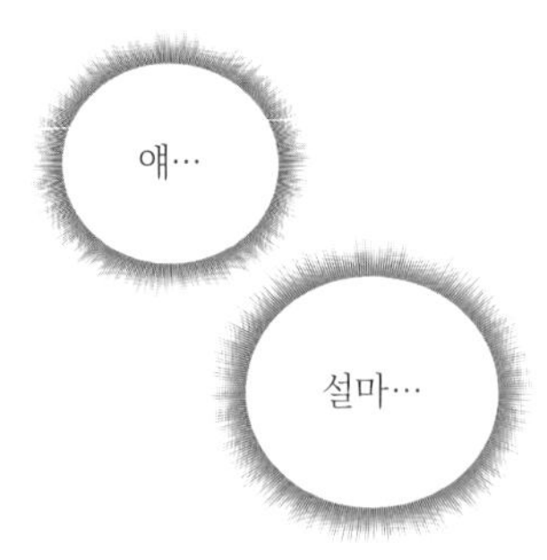
얘…
설마…

ㅎㅎ
?
형은 갑자기 왜 웃어요?

씨익

여태까진
내 캐릭터가
구리다고
까댔지만…

내심
날 멋있다고
생각했던
거군….

어머맛~
횽님…!

후 후

후

지구별 님 귀여워서요ㅋㅋㅋ

ㅇ브ㅂl;나

??????????

짜식ㅎ
좀 귀엽네.
ㅇㅏ니진짜왜그레ㅛㅇ???
ㅋㅋ

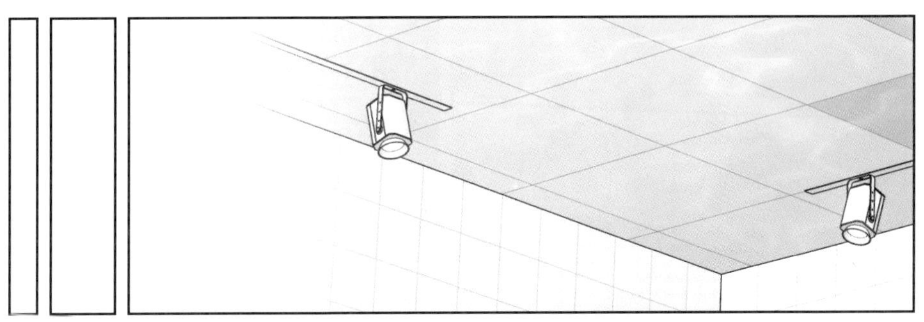

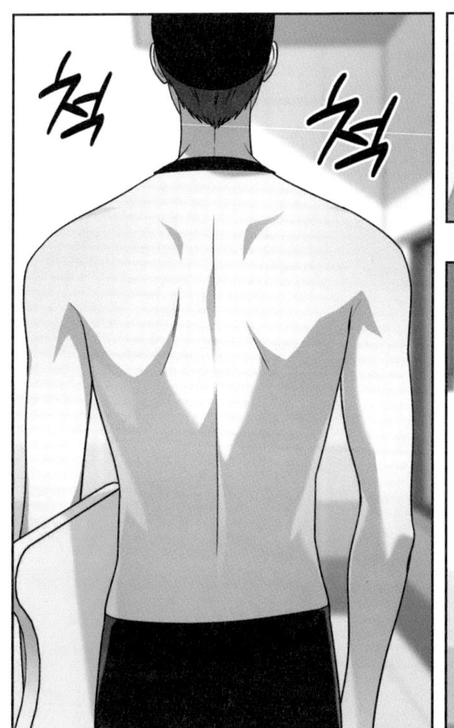
척
척

오잉? 못 보던
강사분이
계시네.
꾹
꾹

아파서 쉬는 동안
새로 오셨나 보네….
한 열흘 쉬었던가?
안녕하세요~

아— 혹시
초급반의?
맞아요
ㅎㅎ

그러고 보니
요즘은 잠잠하네,
그 빈집털이범.

아프지만 않았더라도
잡았을 텐데.

첨벙
첨벙

촤악

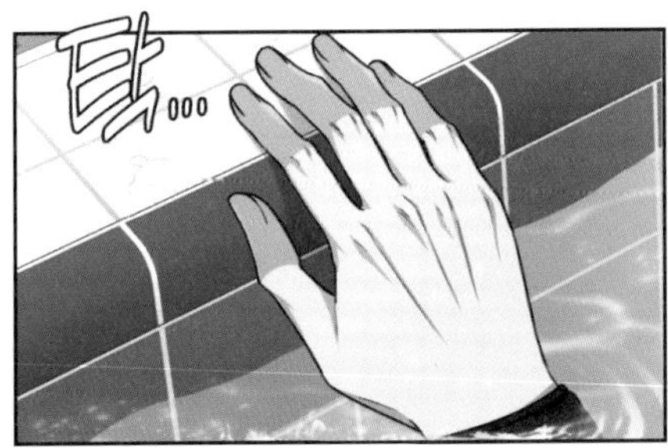
탁...

움찔

슥
슥

삐질…
왜, 왜요?

쌔앵-!!
지구 씨가
헤엄칠 때마다
생각한 건데…
엄청 빠른
물고기 같은
느낌?

나는 아직 초보 티도
못 벗어났는데,
지구 씨는 자세부터
탄탄한 것 같아.
부글

그래서 그런지
나도 모르게
눈길이 간달까….

다른 회원들에 비해
키도 크고 어깨도 넓고
얼굴도 잘생기고…
…?

아… 그럼
눈에 띄는 건
얼굴 때문인가…?
진짜 쓸데없이
잘생기기는 했다.
…!!!!
화아아아악

그…런 말을
무슨 사람 면전에
대고 해요!
아, 제가 또
생각만 한다는 게
입 밖으로 냈나
보네요.

전에도 말했잖아요.
그, 그냥 친구 하자고.
저 이런 거
부담스럽거든요?

응? 친구끼린
잘생겼단 말 하면
안 돼요?
……;
?

무의식중에
혼잣말한 거니까
신경 쓰지 마요.

……

근데 형…

왜 존댓말 해요?

(지금 핫한 글!) 이시스전 후기

작성자 : forestS2

간만에 손에 땀을 쥐고 본 경기였습니다.

극공빌드로 성에 모든 포인트를 투자하고
과감한 공격을 감행한 선율,

분산투자를 잘 해서 부활 타이밍도 잘 잡고
보급소에서 나오는 유닛 활용도 잘 한 포세이돈.

결국 승자는 포세이돈이었죠.

역시 주식은 분산투자가 답이라는
생각이 들었습니다...^^;

특히 포세이돈 팀의 히어로!

그 분은 컨트롤의 황제였습니다ㄷㄷ
옷차림이 비범할 때부터 알아봤는데
다른 놈들과는 뭔가 다릅니다ㄷㄷ
은은하게 느껴지는 고수의 향기랄지? 멋있습니다 ^^

포세이돈 길드의 승리를 축하합니다!

♥추천 55 ☆북마크 55

58개의 댓글이 등록되었습니다

(익명)
? 망토입은 히어로 말하는건가?
한번 킬 낸거 빼곤 계속 죽기만하던데

(익명)
아이씨 닉네임 봐라 ㅋㅋ리틀포레 난민이또

(익명)
아ㅋㅋㅋㅋ 닉넴 지금봤네 어그로 ㅅㅌㅊ

(익명)
ㅋㅋㅋㅋㅋㅋㅋㅋㅋㅋㅋㅋㅋㅋㅋㅋㅋㅋㅋㅋㅋㅋㅋㅋ

48화
ILLUSION...

너 수영 언제부터
시작했어?
엄청 잘한다.
첨벙
…형은 진짜
자연스럽네요.

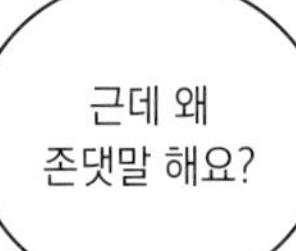
근데 왜
존댓말 해요?

…아.
까먹고
있었다
말 놓기로
했었지.

엄청
빨리 시작했네.
선수라도 하려고
한 거야?

수영은…
중학교 때부터
였을걸요.

아니요.

형들 피해서
할 수 있는 운동이
이거뿐이었거든요.
흥…

…응?
아, 형들은
물 싫어하거든요.
제가 태어나기 전에
계곡에 빠졌다나
뭐라나…

그러니까
수영은 적어도
형들 간섭 안 받고
혼자 할 수 있고.

하지만
아직 가정사까지
물을 정도로
친한 것도 아니고.

형제끼리
사이가
안 좋은가?

오냐오냐
키웠더니~

그렇구나~

…그렇게
보이진
않았는데.

그렇구나.
잘하더라, 수영.

…다, 당연하죠.
몇 년을 했는데…

…아, 그리고
또 궁금한 거
있는데.
왜 내가 준
목욕 가운은
안 입어?

그, 그걸
수영장에서 어떻게
입어요?!

첨벙

짜식이
기껏 사 줬더니
돈 아깝게…

애초에
전신 수영복으로
몸 가릴 정도로
예민하면서
목욕 가운은
왜 안 입겠다는
건데?
빤―
…
아, 싫어요!
죽어도
안 입어요!
그러니까 그렇게
쳐다보지 마요,
쫌….
……
픽…
재밌네.
그 윤지구랑 이렇게
시시덕
장난도 치고.
실
FFICE
이따 집 갈 때
같이 나갈래?

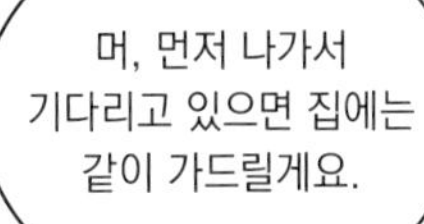
머, 먼저 나가서
기다리고 있으면 집에는
같이 가드릴게요.

…? 응.
뭐야,
저 선심 쓰는 듯한
말투.

새로 온 강사님
되게 괜찮으시더라.

COFFEE
한 번 본 수강생들
이름을 한 방에
외우시더라고.
내 이름부터
다른 반의 여사님들
이름까지.

처음 보는데
말도 많이
걸어주시고,
성격 진짜
좋으신 것 같아.

너도 대화
해봤어?
……

…면.
응?

?
새로 온 강사
이야기였는데
왜 주제가 거기로
튀는 거지?

마, 말수가
적으면
별로예요?

그거 은근히
저 돌려 까는 거
아닌가…
투덜
투덜
싫어서
기분 나쁜데요….
…아~

걱정 마,
너도 말 되게
많으니까.
넌 스스로
과묵한 편이라
생각했나 본데,
전혀 아니거든.
네?
아니거든요?!
맞는데.

전혀 아닌데,
라는 얼굴을 해도
말이지.
뚱…

애초에 별로고
자시고.

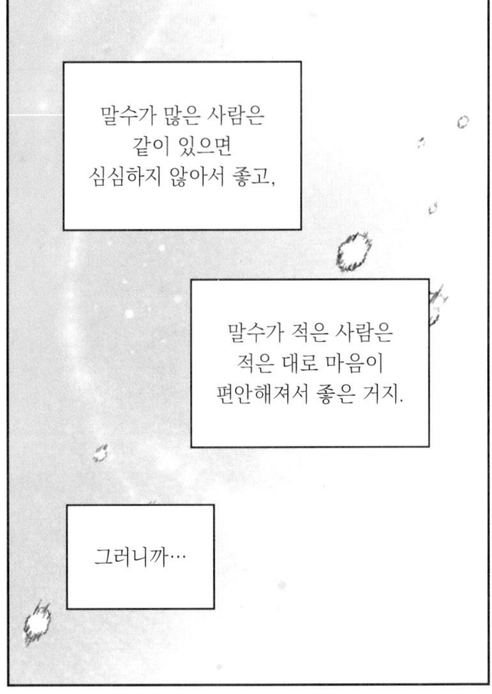
말수가 많은 사람은
같이 있으면
심심하지 않아서 좋고,
말수가 적은 사람은
적은 대로 마음이
편안해져서 좋은 거지.
그러니까…

말수 적어도
좋아.

…네?
난
상관없다고.

휙
그런 걸 따져가며
친구 하는 것도
아닌데 뭐.

어.

살랑

고양이다.

야, 너 또
왜 이래.
이 멍청이가,
맞고 다니지
말랬지.
부비
부비
먁

대화로 해결하란
말이야.
속상하게
진짜…
핫…

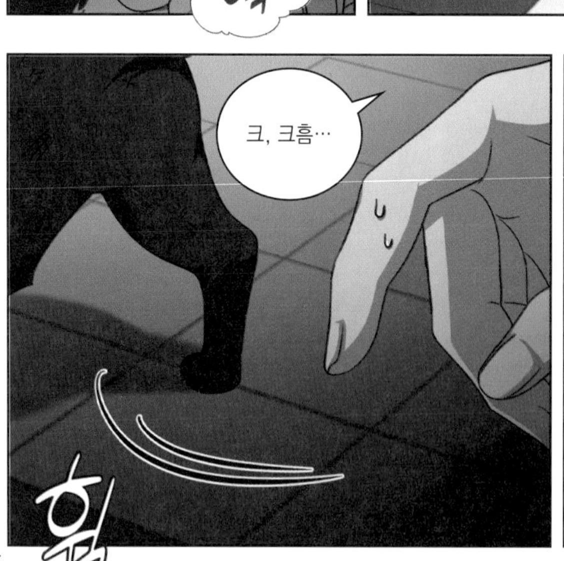
크, 크흠…
휙

절뚝
절뚝

…다리도
저네.

힐끗

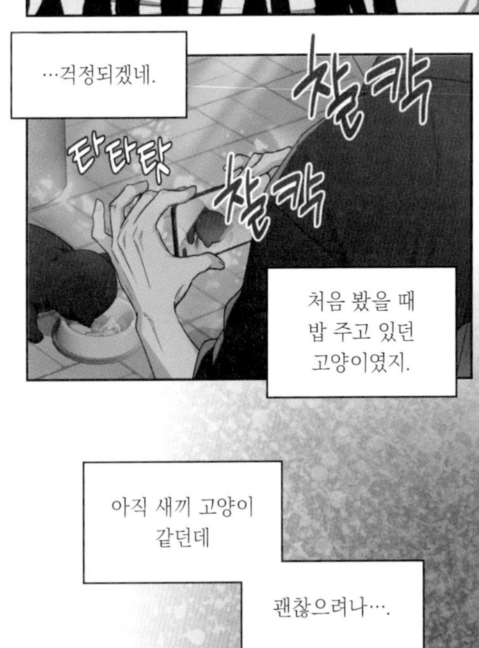
…걱정되겠네.
찰칵
타타탓
찰칵
처음 봤을 때
밥 주고 있던
고양이였지.

아직 새끼 고양이
같던데
괜찮으려나….

드
등

……

우, 우와!
이렇게 문 앞에 딱 붙여 대는데 차에 상처가 하나 없이 깨끗하다!
운전 솜씨가 얼마나 좋으신 건지!
척!
…됐어요.

먼저 들어가요. 오늘 형들 와서 외식하는 날이었어요.
어, 아까는 대충 라면으로 저녁 때울 거라고…
까, 까먹은 거 아니거든요?
그렇구나…. 까먹었구나….

지잉—...

재밌었다.
이웃집끼리
친구 하는 거 좋네.

같이 운동 끝나고
돌아오는 길에도
안 지루하고.
슥
앞으로도 같이
나가자고 해야지.

다다다다

다다다다
와락
아!
파야-!
영이…?
옆집 삼촌!

49화
ILLUSION...

잘 지냈어요?
네!
왜 혼자 있…

타닥
윤영!

혼자 멋대로
뛰쳐가면 어떡해,
아빠 놀랐잖아.
아빠!
옆집 삼촌이야.

안녕하셨어요
또 뵙네요

영이가 여운 씨를
잘 따르네요.
ㅎㅎ 저번에 좀
친해졌어요.

윤영,
밥 먹으러
가야지.

할머니
기다리셔.

옆집 삼촌은
밥 같이
안 먹어?

옆집 삼촌은
집 가야지.

왜애…?
꼬옥
왜냐니…
옆집 삼촌이랑
같이 먹을래애….
칭얼…
윤영, 또
말 안 듣지.

울먹

으아아앙!!!
빼—액!
옆집 삼촌도
같이!&#!#^@
…거야!!

!&%^
푸욱
절레 절레
……
@*#!
같이 가아@%!*#

…여운 씨.
스윽…

혹시
저녁 드셨나요?

뚝…

갑자기 이렇게 돼서
죄송해요, 여운 씨.

아니에요,
마침 저녁도
안 먹었는데 잘됐죠.
그렇게
말해주시니
감사하네요….

드르륵

음식 나왔니?
어,
방금 나왔어.

아!

지구네 옆집 분이 오신다더니 저번에 뵌 분이었네요.

비 오는 날 지구 우산 씌워주셨죠?

네, 안녕하세요. 사장님.

어머, 사장님이라니. 그냥 동네 아줌마에요.

오호호^^

우리 막내 살쪘니?
드륵
아 꺼져, 좀.

살이 아니라 근육량이 빠진 건가?
떠듬
떠듬
주물럭
주무르지 마!

내가 보내준 닭가슴살은 먹고 있어?
맨날 라면만 먹는 거 아니지?
아오, 내가 알아서 해. 이 헬창들아!
흠...
아무리 봐도 사이가 나빠 보이진 않는데 말이야.

…왜요.
응? 아니…

귀여워서.

…네?
너 귀엽다고.
진짜 막내 같아서.

내 동생도
이럴 때가 있었는데.
오빠
생일이었다고?
ㅊㅋㅊㅋ
…그거
일주일 전인데.
한 열네 살
때까지만…

…형?

!!

와… 우리한텐
몇 년 삐져서
'저기요~' 하더니.
여운 씨는
금방 형이냐?
시큰
이야…
그사이에
말을 놨네?
뭐, 뭐!!
신경 꺼!!
으이구
또 시작이네
아앙—

히죽
히죽
지구가
여운 씨를 많이
좋아하나 봐요.
화들짝
우물
우물
@!#&~!*?!?!?

아, 쫌!
그런 말 좀
하지 말라고!!
오물
오물
ㅋㅋㅋㅋ
ㅋㅋㅋㅋㅋ
맛있당….

종얼…
그런 말 하면
착각한다고오…
?

지구 씨랑은
수영장에서
만나는 게 다긴 한데
매일 성실하게
나와요.

에이,
편들어주는 거
아니에요?
진짜데…

안절
부절
힐끔
힐끔
…얜 아까부터
왜 이렇게 안절부절
못하지?

…아!

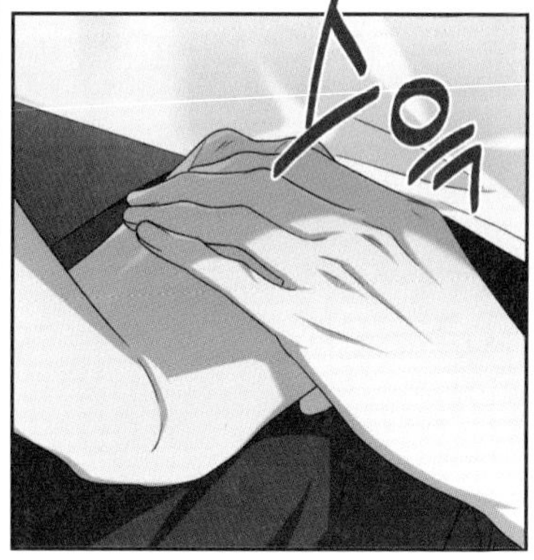
스윽

꼬옥…

?!
휙

짜식.
씨익…
내가 성적표 얘기라도
꺼낼까 봐 그러는구나.

안 하니까
걱정 마.
토닥
토닥

넌 또 왜 그래.
더워???
그렇게
덥진 않은데…
띠용…

아니,
여운 씨 말을
못 믿는 게
아니라…
…?

사장님,
잘 먹었습니다.
울 막내~
하지 말라고 ♪
갑자기 초대했는데
와주셔서 고마워요.

우리 지구,
밖에 나가서
잘 적응할까
걱정했는데…
좋은 이웃을 만나
다행이네요.

아니에요.
저야말로 얼마 전
감기로 쓰러졌을 때
지구가 간호해줘서
살았는걸요.

?
쓸데없는 소릴…

얘…가 간호를 해줬다고요?
(모른 척)
? 네.

…그렇게
화들짝 놀랄
정돈가?

뭐 나도 의외라고
생각하긴 했지만…

…의외?
우리 막내 약점 알고 계신가요
ㅎㅎ

움찔

아, 저는 잠깐
카페에 볼일 있어서
먼저 들어갈게요~
영이 넘기고 가,
엄마.

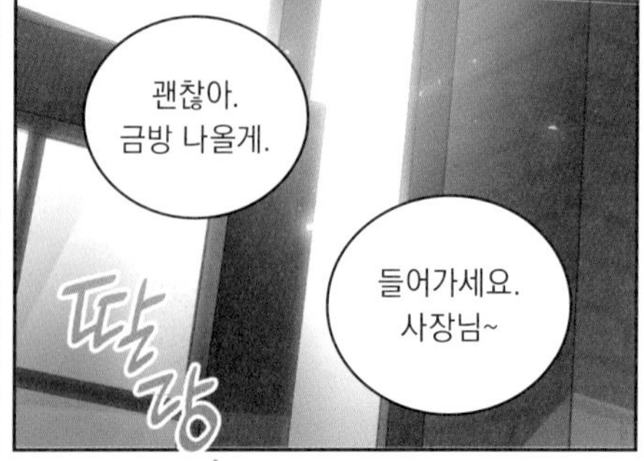
괜찮아.
금방 나올게.
들어가세요.
사장님~
딸랑

형,
먼저 들어가요.
저는…

형?????
형 누구???
나??
난 듯ㅋㅋ
아, 제발
꺼져 둘 다.
— —

어?
스륵—…
타닷

도둑이다….
응?

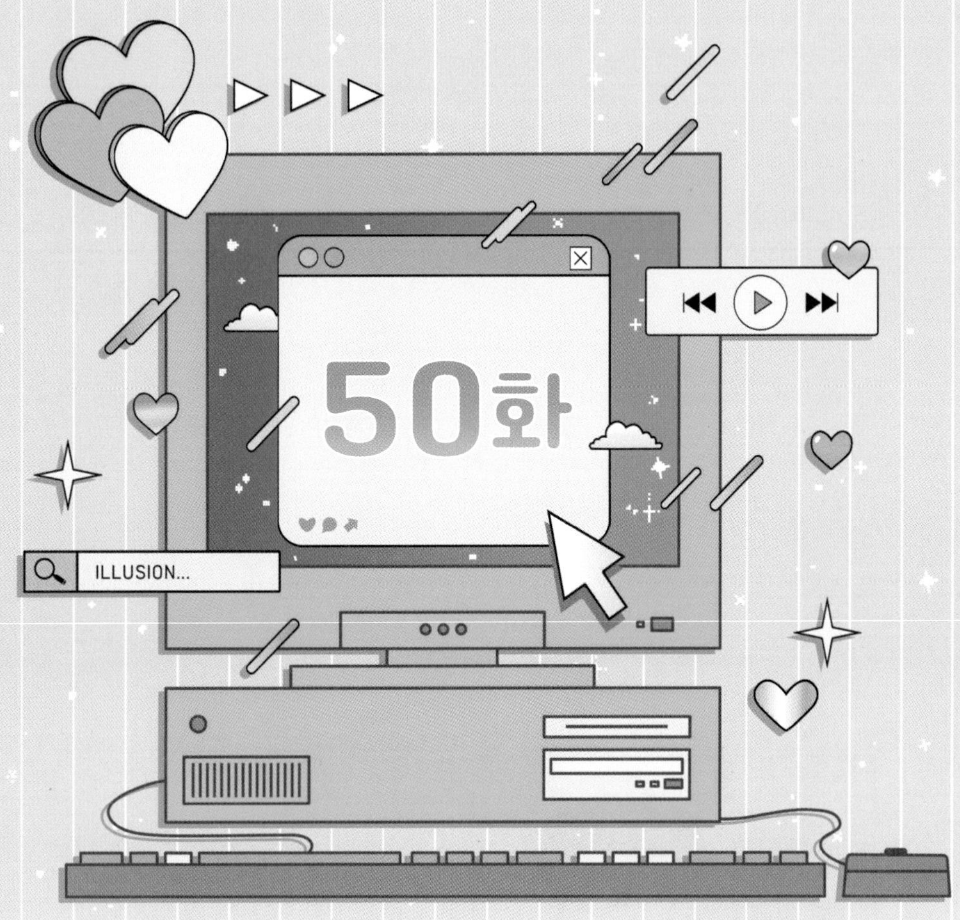
50화
ILLUSION...

부스럭

부스럭

콱!

!!!

뭐, 뭐야.
당신들!!
저벅…

여운 씨.
일단 도둑을
잡긴 했는데…

척…

딱
……
대한대학교

내 우편물
아니네….
대한대학교
TEL. 051-XXX-XXXX

용건 있으면
번호 남겨달라고
말했었는데…
슥

…저한테
볼일 있으셨던 게
아니라,
지구한테
있었나 보네요.
크ooo

……

그런 거야?
움찔
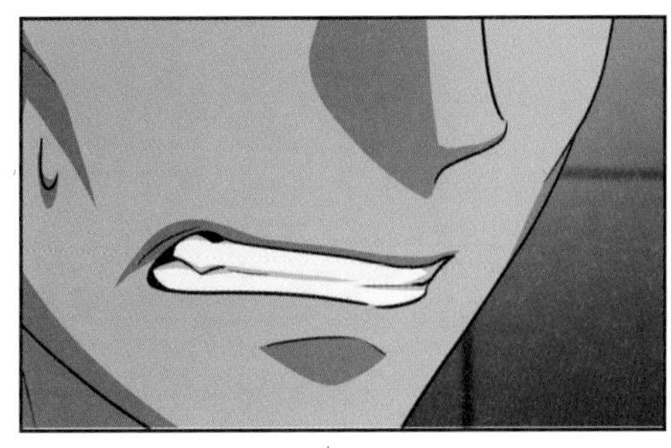

그, 그게 왜.

난
저 새끼 때문에
인생 망했는데,
이 정도도 하면
안 되냐?

……
너 누구…
읍!
턴
이 반응은
지금 상황에
도움이 안 된다!

난 너 때문에
지효랑 수정이한테
동시에 깨지고
알바도 잘렸어.
…응?

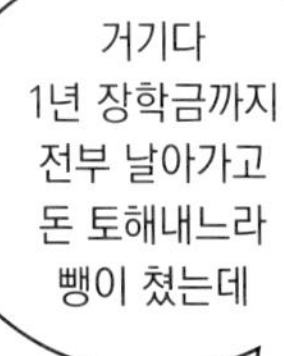
거기다
1년 장학금까지
전부 날아가고
돈 토해내느라
뺑이 쳤는데

윤지구 넌 ㅆㅂ,
이 정도도 못 참겠다
이거야?

…?
뭔 소리야…?
아…
기억났다….

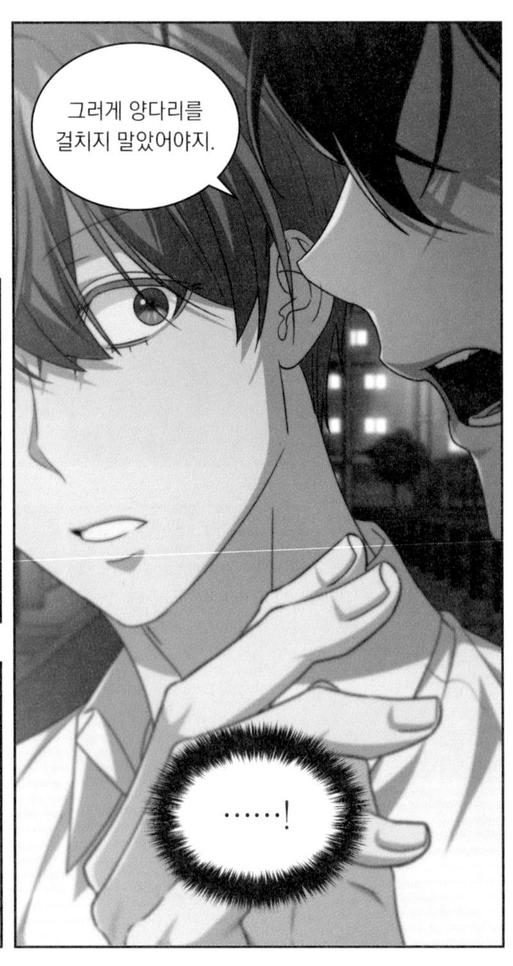
그러게 양다리를
걸치지 말았어야지.
……!

네가 소문만
안 냈어도!
소문낸 거
나 아니고
네 전 여친인데?
…양다리를
걸쳤단 말이야…?
저 얼굴로…?
말세다 말세

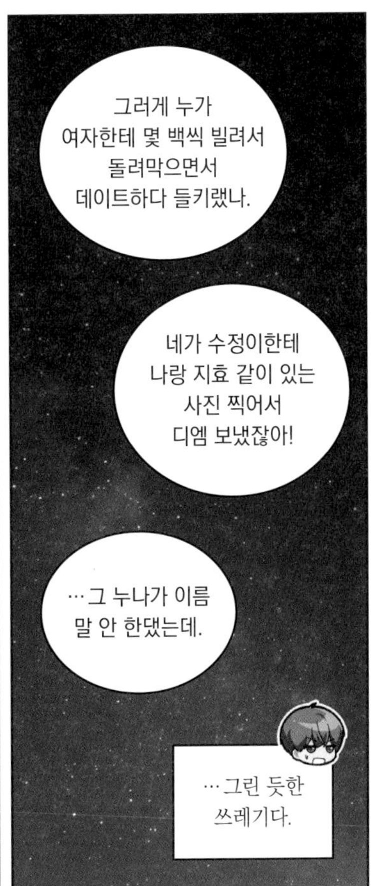
그러게 누가
여자한테 몇 백씩 빌려서
돌려막으면서
데이트하다 들키랬나.
네가 수정이한테
나랑 지효 같이 있는
사진 찍어서
디엠 보냈잖아!
…그 누나가 이름
말 안 한댔는데.
…그런 듯한
쓰레기다.

멈칫

잠깐.
내 SNS 테러한 거 너지.

그, 그게 뭐! 네가 한 거에 비하면 난…
퍼억
악!!

쿠구구 구구구…
제대로 대답이나 해, 도둑놈 새끼야.

내, 내가 왜… 도둑…입니까!
이거 훔쳐 갔잖아요. 그쪽 것도 아니면서.

서류 하나 정도로 무슨…
대한대학교
심지어 뜯어보기까지 했네요?
…읏!

본인 것도 아니고
여기 사는 사람도 아닌데
물건 훔쳐 갔잖아요.
흠…
대학교
고의도 확실하고
원한까지 있다고
본인 입으로
다 말했고.
이거면 충분히
처벌 가능할 텐데.

저 새끼가
학교에 제 성적표
대자보로 뿌려서
명예훼손도 했어요.
거기에
명예훼손까지…

꽈아아아약

내 동생
군대 보낸 게
너냐!

통일될 때까지
무조건 버텨보겠다고
한 애를!!!!

잉?

통일…?
군대…?

헉끔

벼, 별거
아니에요!

Cafe Earth
아실지 모르겠는데
우리 집 돈 많아요.

그, 그게
뭐…
그쪽, 장학금 때문에
휴학할 정도로
집안 사정이
썩 좋진 않나 본데,
변호사비
댈 수 있겠어요?

지금
나를 협박하는
겁니까?
협박은 당신이 한 거고.
우리 애가 당신 때문에
위협을 느껴서
군대로 도망갔잖아!
아, 형!!!!
쓸데없는 소리
하지 마!!

협박 하니
생각났는데…

본가 앞에서
페인트로 F 모양
그려둔 것도
그쪽이지?
1901
집 주소는
또 어떻게 알았어!

형,
걔 학생회야.
사샥

찌끔…
학생의 개인정보까지
이용했다… 하.
많이도 해 드셨네.

됐고, 들어가서
얘기나 할까요?
하아…

그쪽이 한 일에 대해
하나도 빠짐없이
털어놓으면
고소 없이
선처해드릴지…
고려라도 해볼게요.

끄덕
……

빨리빨리 걸어!
대한대학교

Cafe Earth
딸랑~

후

그냥 도둑인 줄 알았는데, 네가 아는 사람일 줄 몰랐어.
저도 얼굴은 기억 안 났어요.
팔에 무슨 문신 같은 걸로 알아봤었는데…
많이 놀랐어?
…별로요.

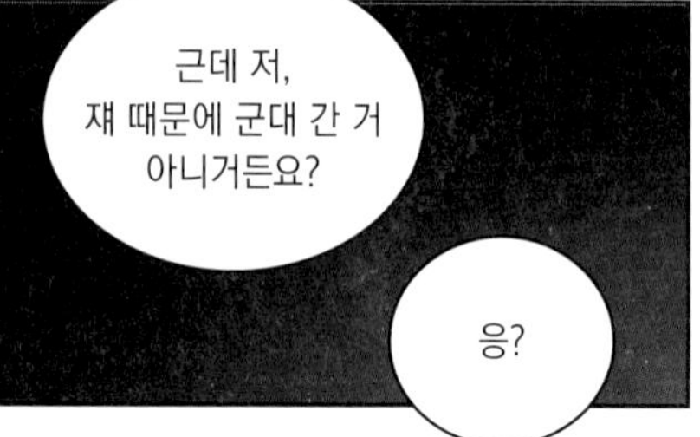
근데 저, 쟤 때문에 군대 간 거 아니거든요?
응?

영장 나왔길래
심심해서 놀러 간 거거든요?
마침 학교에서 성적표로
공개 처형 당한 일이
겹친 것 뿐이라고요.
뚜두다다
저는 별로
신경도 안 쓰던
일이거든요, 진짜.
실제로
복학하니까 아무도
저 기억 못 했고!

스토커 정체가
학교 사람일 거라고
생각은 했어요.

그래서
처음엔… 형이
수상해 보였거든요.
……
……

슥-
움찔..
우연치곤 너무
자주 마주쳤잖아요.

스윽-
그래서
나 따라다니다
이사까지 따라서
온 줄 알고…
의심을 안 할 수가
없었어요. 행동도
완전 수상했고!

그, 그러게.
너 많이
놀랐겠다….

……
힐끗

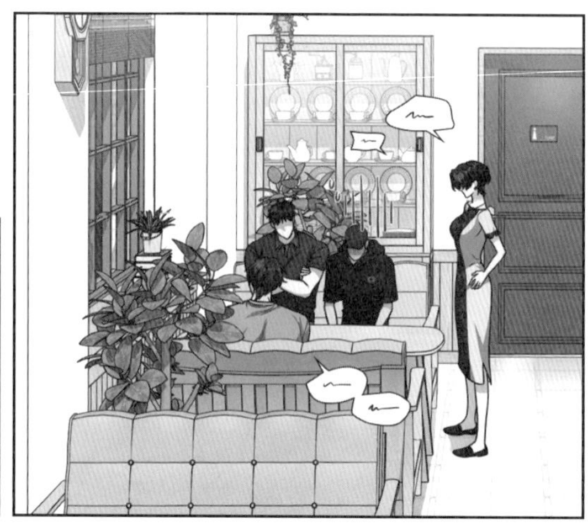

그…
그런데요,
저 진짜
저 사람한테
잘못한 거
없어요.
쟤가
과 누나랑 씨씨면서
종종 처음 보는 사람이랑
다니길래 디엠으로
물어본 것뿐인데…
……

그래도 전
소문 안 냈어요,
그냥 그 누나한테 슬며시
제보만 했다고요.
커뮤니티에
공론화돼서
일이 커지긴
했는데…
꽈악
그것도
저 때문인 건
아니잖아요.

제가
잘못한 거예요?
왜 말이 없어요?
아,
빨리 말해봐요! 그게
내 잘못이냐고요.
아, 아냐.
너 잘못한 거
하나도 없어.
사람이 참…
섬세하달까….

남의 일에는
관심 하나도 없을 것
같아 보였는데
디엠까지 해서
알려줬구나…
의외로 사람한테
신경을 많이 쓰나 봐
움찔

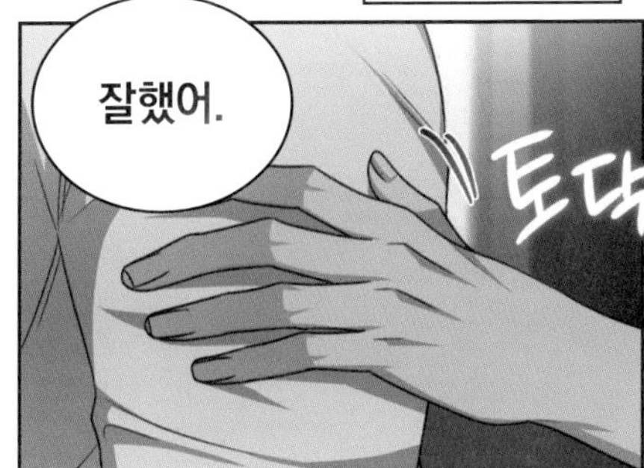
잘했어.
토닥

…형이 보는 저는
도대체 어떻길래,
응?

왜 아까부터
의외라고 해요.

…?
내가 그랬나?
…만약.

제가 형이 아는
성격이랑
많이 다르면,
…그러면 좀
별로예요?

나는…

상관없을 것 같은데?
움찔

…무슨 뜻이에요?
난 널 알게 된 지 얼마 안 됐으니까
으쓱
내가 모르는 모습을 볼 때마다 의외라고 느끼는 건 당연해.

그러니까…
네가 여태까지 보여준 모습이랑 지금 성격이 다를지도 모르지만…
휙
그렇다고 해서
지금 나한테 보이는 모습이 진짜가 아니게 되는 건 아니잖아.

너 지금
연기해?
…아니요.
그러니까
상관없어.

둘 다 너니까.

…알았어요.
응.
그, 그냥
알았다는 거니까
막 깊게 받아들이진 마요.
알았죠?!
? 알았어.

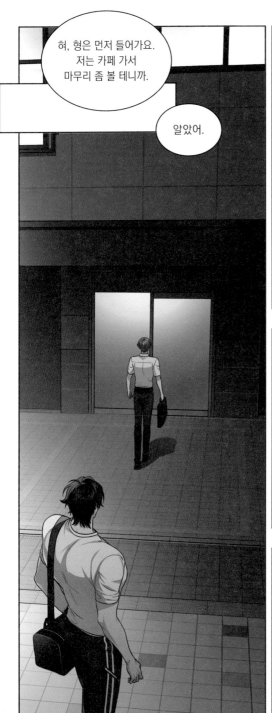

혀, 형은 먼저 들어가요.
저는 카페 가서
마무리 좀 볼 테니까.

알았어.

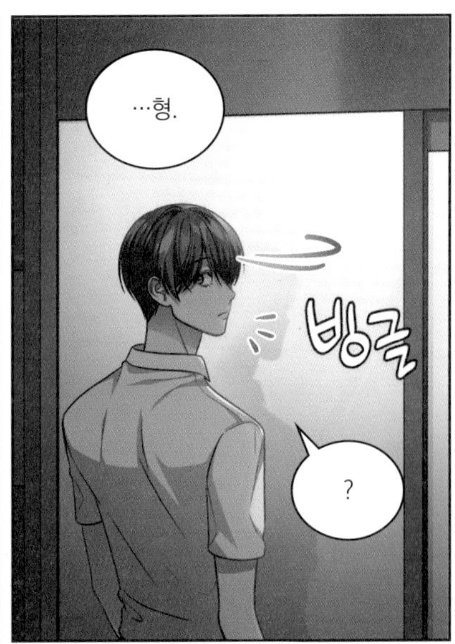

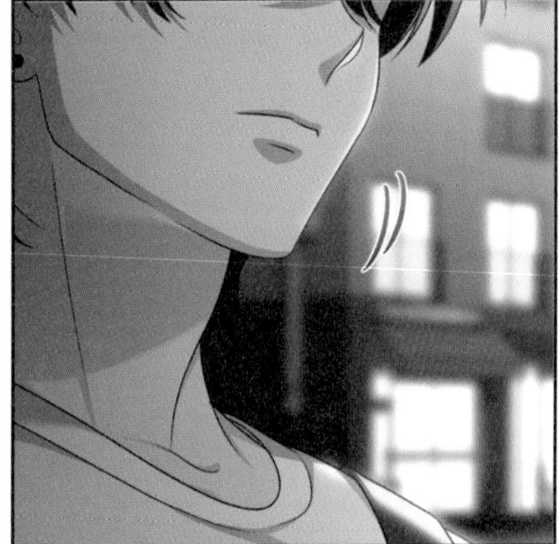

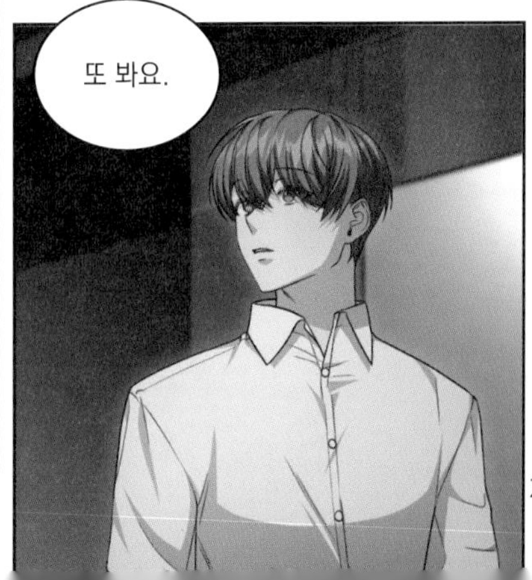

싱긋

그래~

'또 봐요'…

길드에서….

51화
ILLUSION...

엄마 아빠
사랑해요

딩~ 동~
댕~ 동~

졸업을 축하해

시끌
시끌

형들 왔다~~!!!!
이쪽 좀 봐줘,
울 막내~!!
윤지혁
(22세 / 대학생)
윤지호
(21세 / 대학생)

애기야~!!

움찔
웅성
애기?
누구?
웅성
웅성

애기래ㅋㅋ

누구? ㅋㅋ

아…

윤지구!
이쪽 보라니까~?

애기
ㅋㅋㅋㅋ
키득
야, 다들 들었냐?
윤지구 집에서
애기래ㅋㅋㅋㅋ
키득
키득
ㅅㅂ…
ㅅㅂ, ㅅㅂ!

지구?
너네 형들인가
본데?

부들

부들

너 집에서
애기라고
불리냐? ㅋㅋ

아오,
진짜…!!

윤지구
(13세 / 초졸)

그만해,
막내 또 울릴라
으이구
다른 집에서
태어났어야 했어!

나이 차 많이 나는
형들을 가진 나는

인생이
늘 고달팠다.

심부름은 기본에
어버이날엔
이용당하기 일쑤였고
엄마 아빠
사랑해요

응, 그렇게
형아가 공 차면
계속 주워 오면
돼~
똥개 훈련에,

담력 훈련,
내려줘!
ㅋㅋㅋㅋㅋㅋㅋㅋ

형아 두 시간 뒤에
깨워줘~

브로콜리
남기지 말고
다 먹어~

쿠쿠쿠쿠쿠…

막내 운동
시작하자~

애기야~

우쭈쭈~

기타 등등…

막냇동생이
당할 수 있는 일은
다 당했을 것이다.

하지만 고달픈 삶은
가족 문제로 끝이
아니었으니…

급훈
지켜보고있다
야, 윤지구!
중간고사

너 수학
잘하지?
우리 내기 하나
안 할래?

윤지구
(14세 / 중딩)

내일 시험 끝나고
수학 점수 더 높게
나온 사람이 먼저
고백하기로.
…얜 누구지?
흐리릿

…가 아니라!
지, 지, 지금
나보고 내일
고백해달라는 거…?
띠~~잉

내가 왜?!?!?
수학
0

1학년 2반
22번 윤지구,
교무실로
내려오세요.
웅성
웅성

부들
부들
빠,
빵점이라고?
그렇게 나한테
고백하는 게
싫었어?

…일부러
그런 건 아닌데.
긴장돼서 밤새 잠을
못 자다 시험 시간에
잠든 것뿐….

ㅅㅂ, 개쪽팔리네??
너 내일부터 나한테
말 걸면 죽어!!
그러니까
너 누구냐고….

모르는 여학생의
당돌한 고백.
흐암~
별것 아닌 사건으로
넘어가는 듯했으나…

야,
그거 들었어?
1-2
얼마 전에
윤지구네 부모님
학교 왔었잖아.
그거
걔 성적 떨어져서
그런 것만은
아니래.
그럼?

소문에 걔네
집안 사람들 다
깡패래.
맞아.
졸업식 때 걔네 형들
봤는데 덩치 ㅈㄴ
크긴 함.
눈매도
개무서운 게…
드르륵!

야.

찌릿
그거 설마
내 얘기냐?

말해봐.
쫄…
깡패가
확실하네.

…말도 안 되는
소문에 더더욱
불이 붙어버렸고

뒤늦게 그 사실을 안
나는 억울한 마음을
억누르지 못했다.

그게…

소문의 이미지가
굳어지는 순간이었다.

조졌네.

…저 새낀 학교에
밥 먹으러 오나?
깨어 있는 꼴을
못 본 듯.
쓱덕
쓱덕

성적 깔아줘서
고맙긴 한데…
…야.

다 들려,
ㅆㅂ아.
쿠구구구구…
윤지구
(18세 / 질풍노도)
앞에
와서 말해.

와서 다시
지껄여봐.
미, 미안….
야, 가자, 가.
쟤 건드리면
안 된다니까

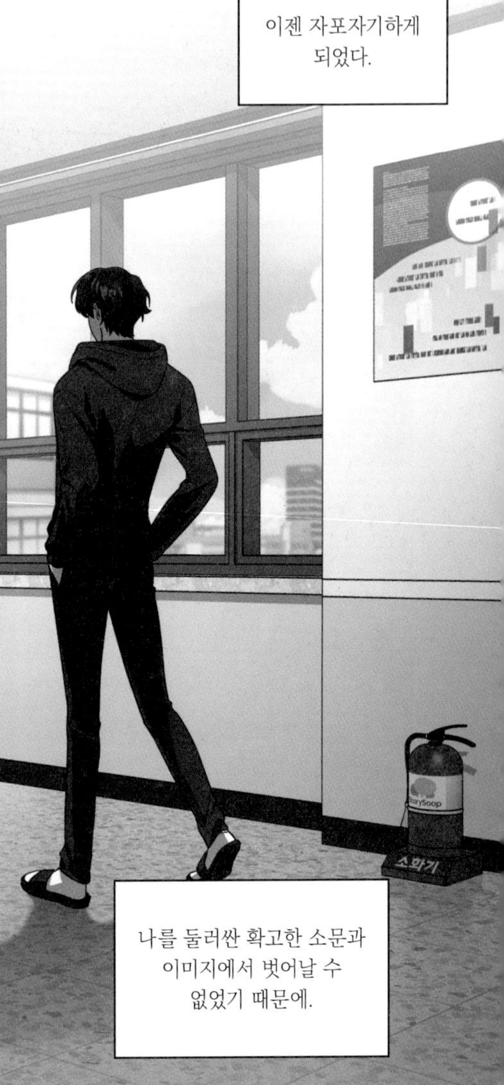
마음먹고 멀리 온
고등학교에서마저도
소문이 따라붙자
이젠 자포자기하게
되었다.
소화기
나를 둘러싼 확고한 소문과
이미지에서 벗어날 수
없었기 때문에.

그래도…

…반 애들이 맨날
떠드는 게임이네.
심드렁
…그렇게
재밌나?
캐릭터 생성 중……

뿅!
지9별
Lv. 1

별생각 없이 시작한
게임에서 마주한,
나와는 정반대인 캐릭터.

하고 싶은 대로 행동해도 게임 속 사람들은 현실의 나를 모른다는 사실이 위안으로 다가왔고
나는 게임에 푹 빠지게 되었다.

그렇게 바보 같은 행동을 하며 새 친구들을 사귀기 시작했다.

있는 그대로의 나를 받아들여주는
그런 사람들.

게임 속이라면

얼마든지 나도….

시간은 흘러…

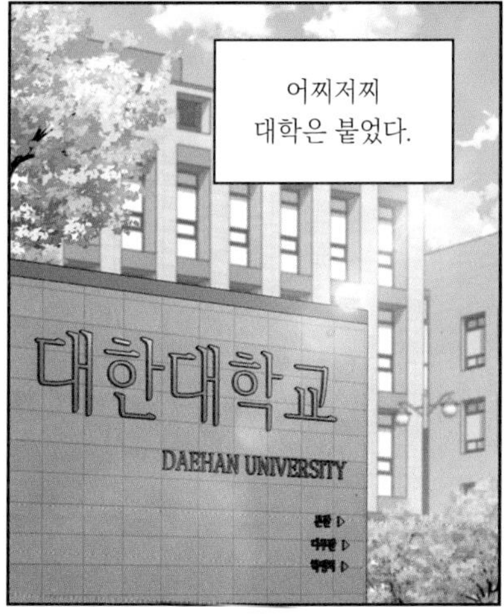

겜생에 올인하느라
성적은 최하위권이
되었지만

자식이 대학은 나와야 한다는
부모님의 성화에
뒤늦게 벼락치기로
과외를 받은 것이다.

사실 과외고 자시고
그날 수능 운빨이
대박 난 거지만.

빠밤

조상신

힘냈다…

윤지구
(20세 / 새내기 대학생)

시작이 최악이었던
중고등학교
시절과 다르게

대학 생활은
무난 그 자체.

찌잉~

사람들이 날
안 무서워한다…!

이대로라면
현실에서도 친구
사귈 수 있을지도!

저희 뭐 먹으면서
하면 안 돼여?

피자 고??

…뭐,

…와.
너 되게 안 그러게
생겼는데

입 여니까
이미지 확 깬다?

…입을 열면
깬다는 얘기를
자주 듣게 되어서

최대한
조용히 지내려고
노력하긴 했지만.

어, 나도
그 생각
했는데!
나도ㅋㅋ
……

……
어?

저 문신…

수정이 누나
남자 친구…
아닌가?
수정이 누나
· 조별 과제 하드캐리함.
· 몇 없는 친절한 사람.
· 현재 연애 중.
흠…

전에
누나 인별에서 본
남자 친구 문신이랑
똑같은데.
옆엔…
수정이 누나
아닌데?

그래, 나름 만족스러운
대학 생활이었다.
스윽

일단…
혹시 모르니까
물어보자.

찰칵

'그 사건'에
휘말리기 전까지는……

52화
ILLUSION...

누나 혹시 남친이랑 헤어졌어요?

띠롱
어 아니? 그건 갑자기 왜…?
ㅜㅜ 좀 당황스럽다 지구야
띠롱
헤어졌어여?

팔 문신이 똑같길래…
……

ㅋㅋㅋㅋㅋㅋㅋ저 모자
내가 사준 건데
띠롱
ㅋㅋㅋㅋㅋㅋㅋㅋ
띠롱
ㅋㅋㅋㅋㅋㅋㅋㅋㅋㅋㅋㅋ
띠롱
ㅋㅋㅋㅋㅋㅋㅋㅋㅋㅋㅋㅋㅋ
ㅋㅋㅋㅋㅋㅋㅋㅋㅋㅋㅋㅋㅋㅋㅋ
ㅋㅋㅋㅋㅋㅋㅋㅋㅋㅋㅋㅋㅋㅋㅋ
띠롱~!
앗, 누나
멘붕 왔네.

띠롱

지구야 저 사진 내가 좀
써도 될까?

어……

어, 이거 이러다
일 커지는 거
아니야?

괜히 말 꺼냈나?

알았어^^
…휴.
이러면
문제없겠지.

꿀꺽

토도도도독
제가 본 거라고는
안 해주셨으면 좋겠어요…

그거 들었냐?

수정 언니
남친이랑 대판 싸우고
헤어진 거.
아~ 어쩐지!
요즘 인별에 뭐가
안 올라오더라.

전 남친이 개쓰레기던데,
양다리 걸치면서
양쪽한테 돈 빌렸대.
아, 지금 난리 난
커뮤니티 얘기가
그 인간이었나 보네?

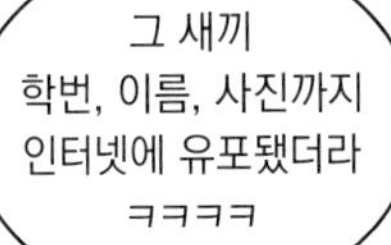
ㅇㅇ

욕먹어도
싸긴 함.
그래도 쓰레기랑
헤어지셨다니
다행이네.

그 새끼
학번, 이름, 사진까지
인터넷에 유포됐더라
ㅋㅋㅋㅋ

부우웅~
새 메시지
오후

안녕 나 신환회 때 같은 조였던 이지희인데……
시험 시작하는데 안 와서 교수님이 너 찾으시거든;;
부스스…

아 맞다, 시험.
밤새 일루전 달림.
비몽
사몽

톡도도독
공부 안 했어.

?? 그렇다고 기말을 안 봐?
ㄷㄷ
톡

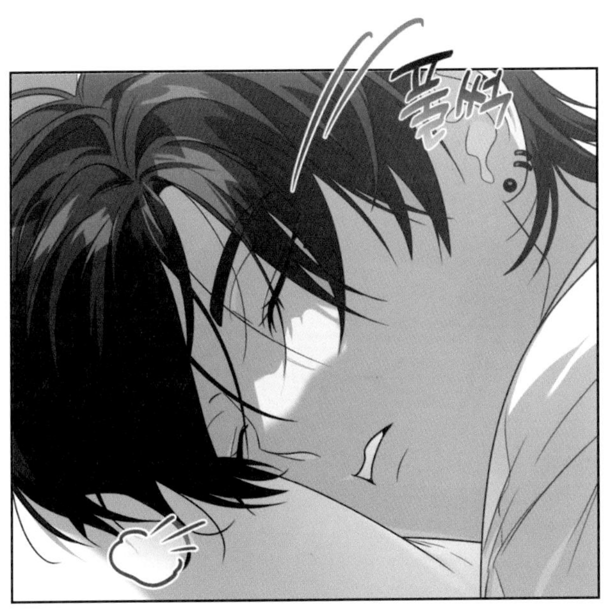

별생각 없었다.

대학 붙었음 됐지,
내가 따로 공부까지
해야 하나?

그렇게 확인도
안 한 성적표는

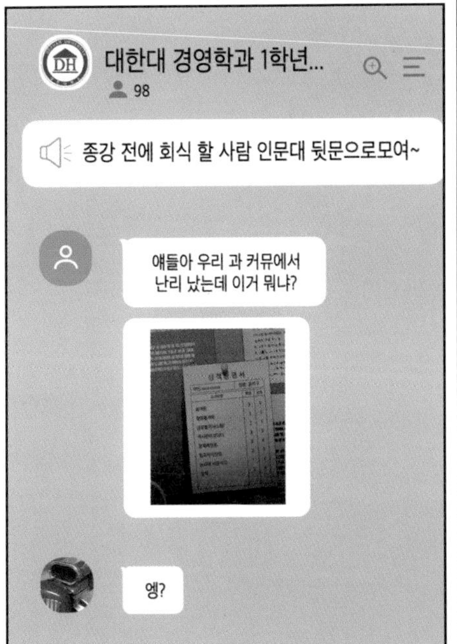

대한대 경영학과 1학년...
98
종강 전에 회식 할 사람 인문대 뒷문으로모여~
얘들아 우리 과 커뮤에서
난리 났는데 이거 뭐냐?
엥?

?

성명: 윤지구

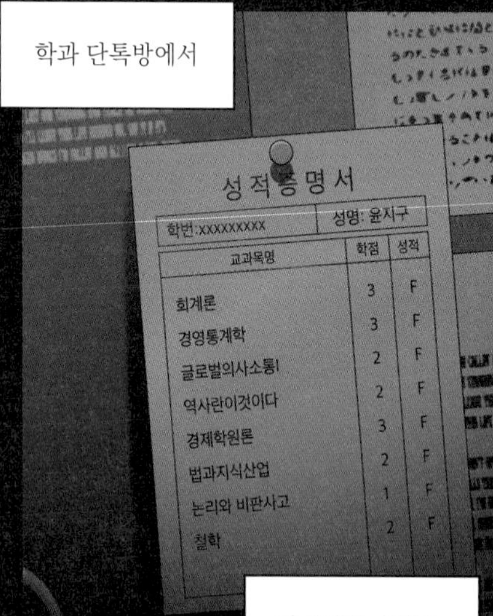

성 적 증 명 서

학번:XXXXXXXXX		성명: 윤지구
교과목명	학점	성적
회계론	3	F
경영통계학	3	F
글로벌의사소통I	2	F
역사란이것이다	2	F
경제학원론	3	F
법과지식산업	2	F
논리와 비판사고	1	F
철학	2	F

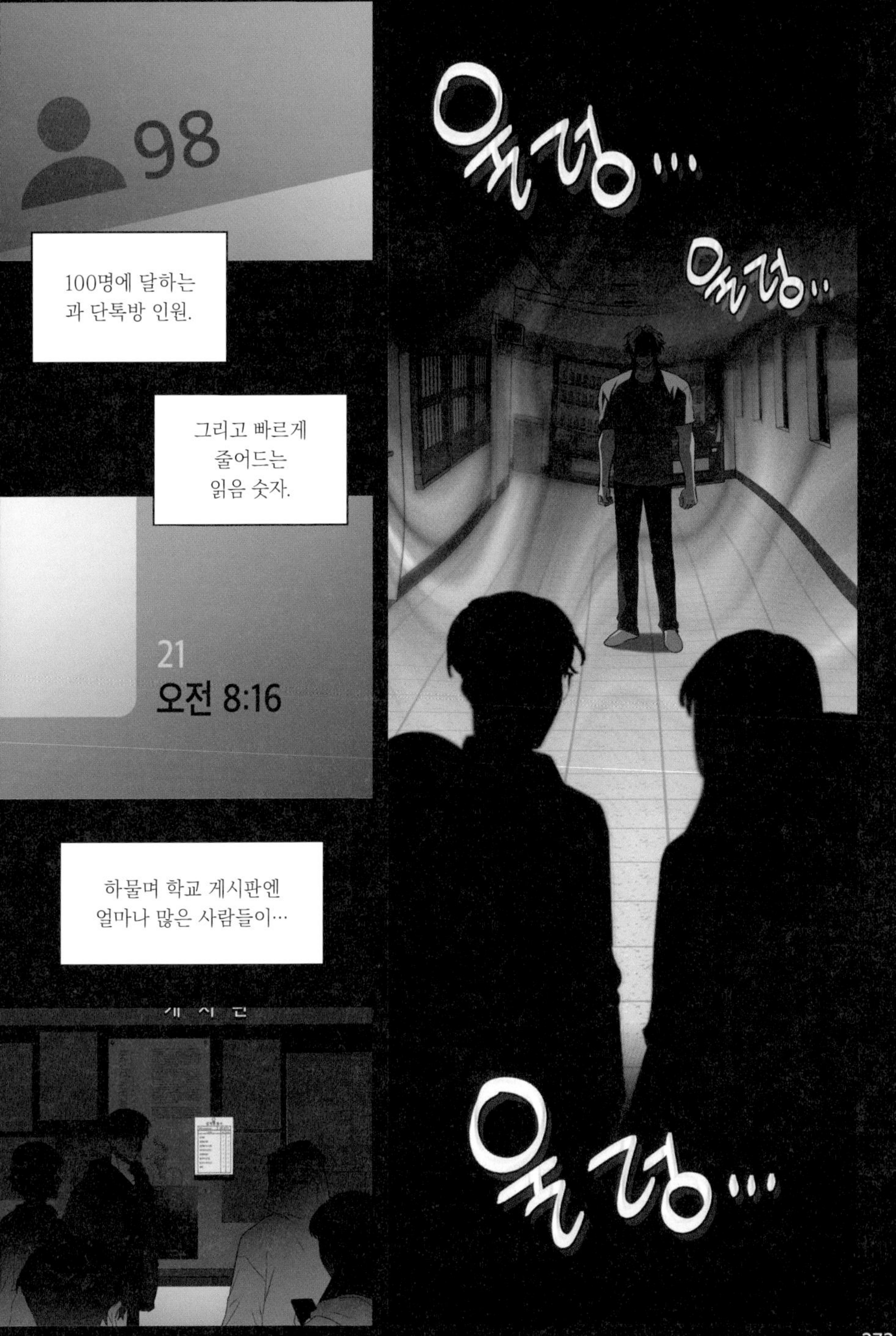

100명에 달하는
과 단톡방 인원.

그리고 빠르게
줄어드는
읽음 숫자.

21
오전 8:16

하물며 학교 게시판엔
얼마나 많은 사람들이…

웅성…
웅성..
웅성…

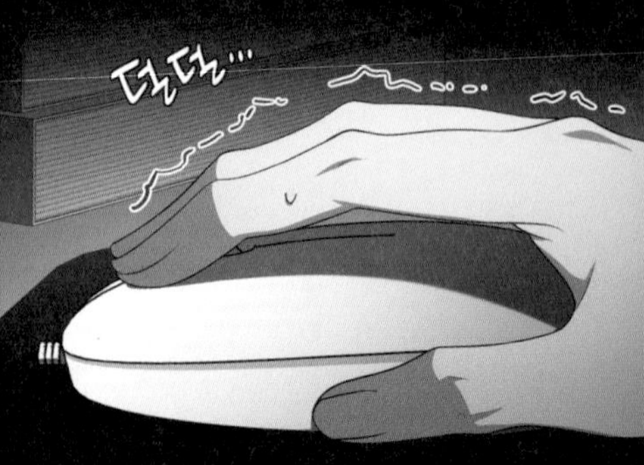

달칵…

[윤지구 님이 대화방에서 나갔습니다.]

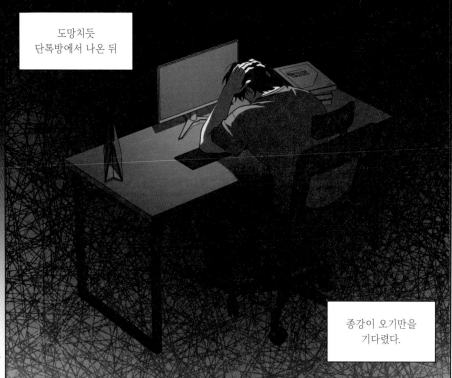

도망치듯
단톡방에서 나온 뒤

종강이 오기만을
기다렸다.

하지만…

종강 후에도
영문 모를 괴롭힘은
계속되었다.

학사 경고장과
성적표는 버려도 버려도
다시 집으로 굴러들어왔고

2301

#@()!#@!

결국 올 F를
엄마한테 들켜

…카드 몰수형에
처해졌다.

ASDF1234 동네 고양이한테 밥줄때냐? ㅋㅋㅋ
WIWEROD_ ㅅㅂ새끼야 내가 너 죽일거야
TIEOEO 느그집에 불지르러가는중 ㅋㅋ
1289WNRDJ #F맞고_잠이오냐?
OPPA6677 죽어 죽어 죽어 죽어 죽어 죽어 죽어

SNS에는 이상한 애들이
들러붙어 패드립 섞인
릴레이로 욕을 달기도 하며

덜컹
어머,
이게 뭐야?!
덜컹

끼익
무슨 일 있어?
마, 막내야
이거…

급기야는
본가에 테러까지
이어졌다.

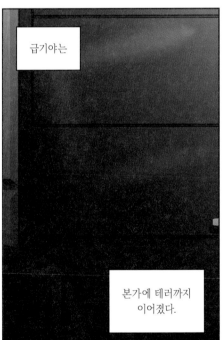

누가
이런 짓을…?
내가 살면서
이만한 원한을
산 일이 있나…?
일단 경찰에
신고해보자

…CCTV
달아야겠다.

그렇게 도망치듯 군대에
다녀오면서 상황은
좀 나아지나 싶었으나…
피식
피식
어~ 지구별~
자게에서 봤는데
제대했다며?
혹시
군대 가기 전이랑
같은 핵 씀?
ㅋㅋㅋㅋㅋㅋㅋ

…넌 뭐야?
나 알아?

인생 그렇게
살지 마라~
훅
…그러니까
그게
뭔 소리…
아 씨X
길드에서
탈퇴하셨습니다.

이게 몇 명째야.
진짜 ㅈ같네;;;;
그렇게
거르고 걸렀는데
또;;;

요즘은
냥 님한테까지
난리라니까요.
게시판 선동도
장난 아니고.
신경 안 씀

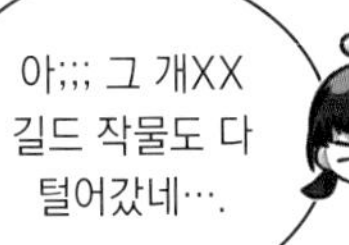

아;;; 그 개XX
길드 작물도 다
털어갔네….

신고 넣으려고
했는데 탈퇴했네.
아ㅋㅋㅋㅋㅋ

저 그냥…
제가 길드
탈퇴할까 봐여….
추욱…

ㅇㅇ
맘대로.
냥님…
…님
누구세요?
ㅋㅋㅋㅋㅋㅋㅋ
원하는 답 안 나오니까
정색 빠는 거 보소.

냥 님이 가입한 지
얼마 안 돼서
뭔 상황인지
잘 몰라서 그럼ㅋㅋ
씁!
냥 님,
눈치 챙겨!
넵!

근데 저 진짜
핵 쓴 것도 아닌데
왜 저러는지
모르겠어요ㅠㅠ
저 없을 땐
안 이랬다면서요….
꾸욱

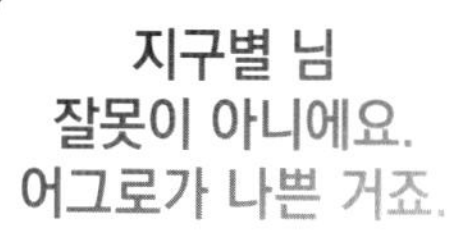
지구별 님
잘못이 아니에요.
어그로가 나쁜 거죠.

에헤이,
이 친구
또 쿨탐 찼네.
찹

괜한 생각
하지 말고
밀린 퀘스트
하고 오세요.
지금 레전드 스킬
최대 렙 안 찍어두면
똥캐 되니까^^
ㅁㅈㅁㅈ
ㅇㅈ

…뭐임, 지구별
위로해주려고
잡템 가져왔는데
어디로 사라짐?
하아
하아

이미 회복해서
레전드 퀘 하러
갔음.
회복 개빨라
ㅋㅋㅋㅋㅋㅋㅋ
ㅋㅋㅋㅋ
ㅋㅋㅋㅋ

쿠에에엑-
쿵...

후우.
슥-

비록
현생에서의
인간관계는
망했지만

우리 길드는
무슨 일이 있어도
지킬 테다.

렙 네고 안 되나요?
저 게임 시작하자마자 하루 만에 50렙 찍었어요!
200렙도 금방 찍을 수 있을 것 같은데!
그냥 뉴비 하나만 받아주시면 안 될까요?

'또'냐….

꾸우욱…
타다다닥
[서버] ㅈi9별: 3채널 'neutaaaa'

이 새끼들이 진짜…

내가 뭘 그렇게 잘못했는데?

제일 빨리
킬 따는 사람 1억.

너도 한번
당해봐.

뭐… 시작하자마자
50렙을 찍었다고?

—험한 말—

저 지금은
120렙인데요?

졸졸 졸졸 졸

원치 않던 관심이
얼마나 ㅈ같은지.

나한테
못되게 구는 만큼

그대로 돌려줄게.

척

그럼 지금부터
알아가봐요!

커플이 성립되었습니다!
커플 창에서 스킬을 확인해주세요

허…
…이걸 받아?

솔직히
한 열 번 정도 거절하다
게임 나갈 줄
알았는데.
ㅈㄴ
웃긴 새끼네.

뉴타는
이상한 놈이었다.

ㅈi9별 놀리기 존잼~

길드원들 속마음

잘 부탁드립니다

커플 신청은 싫다면서도 받아주더니

길드원 다 받아준 친구 신청은 또 안 받아주는 것이다.

애초에 길드원들이랑 엮이지 말라고 할 셈이었는데
어쩌다 보니 죄다 엮여버렸잖아?

이게 다 길마님이 내 편 안 들어줘서야!!
아무리 요즘 일 많고 예민해도 그렇지 진짜 뉴비면 어떻게 하려고 그러세요;;
뉴비 아닌 것 같던데.
직위 돌려받고 싶으면 그 님한테 사과하고 오세요 ㅡㅡ
하;;

아, 그 새끼
은근 엿 먹이기가
힘들단 말이야.
저벅
조만간 봄 이벤트 때
커플 기여도만 먹고
버려야지.
저벅

얌냥냠

그리고 또
어느 날.

나는 한 번 더

이상한 남자와
마주하게 된다.

53화
ILLUSION...

갑자기 나타난
수상한 남자.

길, 길 좀
물어보려고요….

LTE
카페 어스
라일라
코르트
카페어스
대성하이

움찔
…카페 어스?
네.

…뭐야,
이 새끼?
왜요?
커피
마시러요….

많고 많은
카페 중
하필이면…?
째릿…

설…마.
이 골목
아니에요.
휙

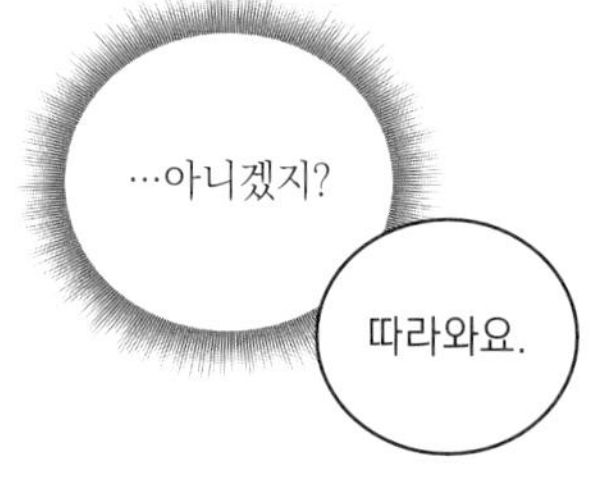
…아니겠지?
따라와요.

Cafe Earth
그리고
또 며칠 뒤.

슥-…
주문하시겠어요?
윤지구

…………
멀
똥
또 그 남자.
켁.

아메리카노 하나랑
치즈케이크…
주세요.
톡
그냥
모르는 척하자.

지난번에 저 앞에서
고양이 밥
주고 계셨죠?
왜
아는 척이야.

기억…
안 나세요?
휙

누굴
바보로 아나.
당연히 기억나지.
갑자기 뒤에서
사람을 놀래키는
무례한 사람을
기억하지 못할 리가…
빠아아아아안

…저번부터
생각한 건데,
이 인간, 사람을
왜 이렇게 똑바로
쳐다봐?
아슙…
빤히…
빤히…
빤히…
개부담스러워;

이 사람이 그 스토커랑
동일 인물인지 아닌지는
몰라도…

주문하신…
영수증이
나왔습니다.

…
ㅅㅂ~~!!!

그냥 짜증 나니까
다신 안 마주쳤음
좋겠다.

아니, 님들
이거 봐봐!

뉴 님 그사이에
다른 길드
가입했어!
빠밤

타다닥
에엥?!

아니;;
여태까지 우리랑
잘만 놀아놓고 갑자기
다른 길드를?
당황스럽네.

내가 초장에
거지같이
굴어서??

아무리
그래도
그렇지….

어그로인 줄
알았던 뉴타는
진짜로 뉴비였다.
헐…
교환하기
나가기
neutaaaa
빛 뉴타 님…

좀 튕기는 면이
있지만서도
고마워서요.

얼른
받으세요.

'neutaaaa' 님께서
거래를 요청하셨습니다.

게임 속에서
흔히 볼 수 없는
그런 사람….

타다다닥

쩌렁

[딸기잼]<<<<<<여기 짱 나와ㅋ
[딸기잼]<<<<<<여기 짱 나와ㅋ
[딸기잼]<<<<<<여기 짱 나와ㅋ

쩌렁

푸드덕

아직 난
얘한테 소매넣기 당한 게 어이없어서 살 수 없거든?
받는사람 지9별
내 용 드릴 때 받으세요~^^
무지개빛 튤립 요람 (30일)
1,200,000,000

그런데 감히 내가 여태 키워놓은 뉴비를 쏠랑 데려가?!
흥!

어떻게든 뺏어 온다!!!
겔겔
이미지

그렇게 길드전을 잡았고
아주 손쉽게…

FINAL ROUND

포세이돈 길드

WIN

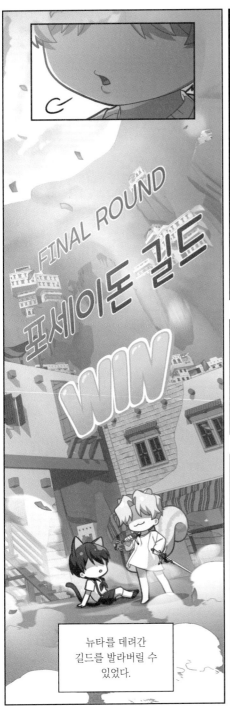

뉴타를 데려간
길드를 발라버릴 수
있었다.

쉽다,
쉬워~~
그럼 약속대로
우리 애는
돌려받……
응?

[전체] 햄스터 : 역배 레전드!!!!!!!!
[전체] 기니pigi : 아 ㅅㅂ 내 돈
[전체] 냥이냥나냥 : ^^777
[전체] 할로윈가지 : 축배를 들어라~~~
[커플] neutaaaa 님께서 게임을 종료하셨습니다.
[전체] 박휘벌래 : 어차피우승은포세이돈어차피우승은포세이돈
어차피우승은포세이돈어차피우승은포세이돈
[전체] 오락실 : 아 핵쟁이길드가 이겼네~~

에잉…
상대 팀 도발 좀 하고
데려오려고 했더니.
재미없게.

걍 나도
얼른 가서 저녁이나
먹어야겠다.

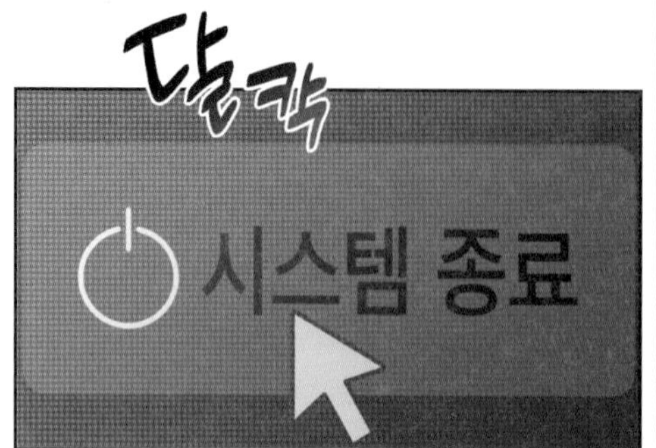
딸칵
시스템 종료

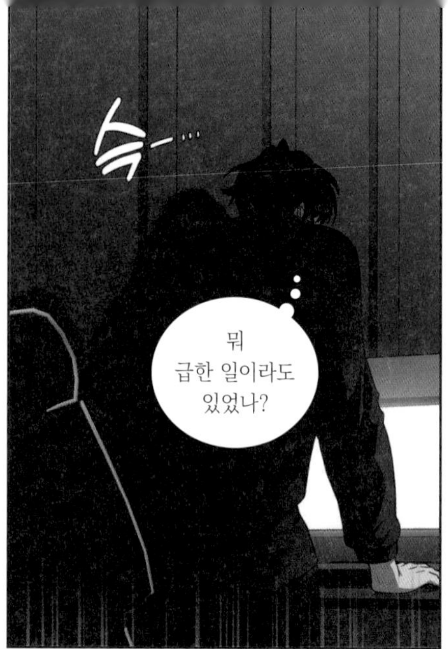
스-…
뭐
급한 일이라도
있었나?

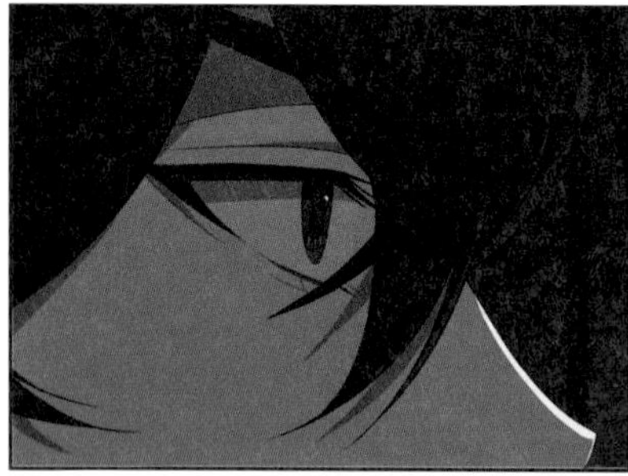

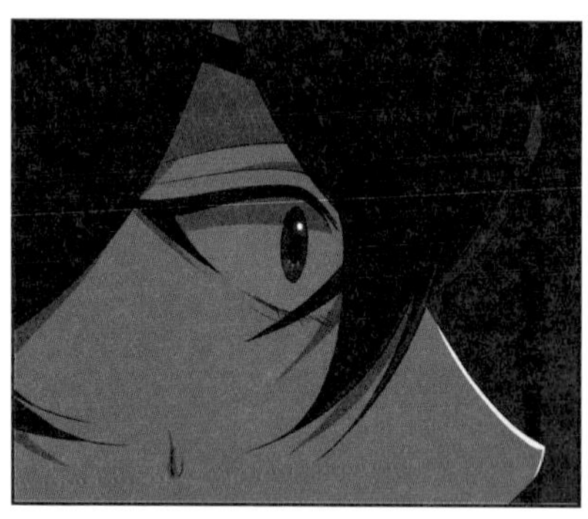

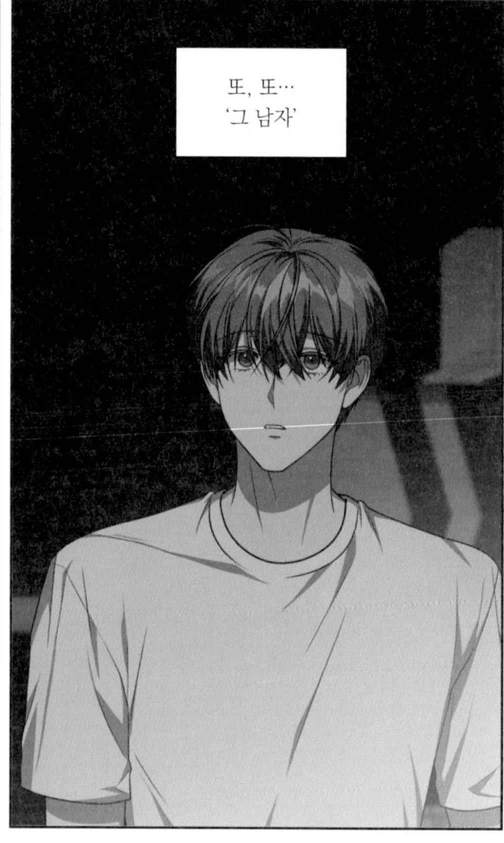
또, 또…
'그 남자'

그리고 또…

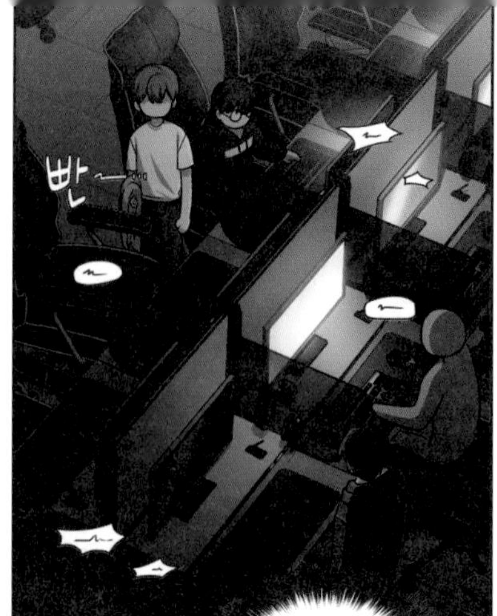

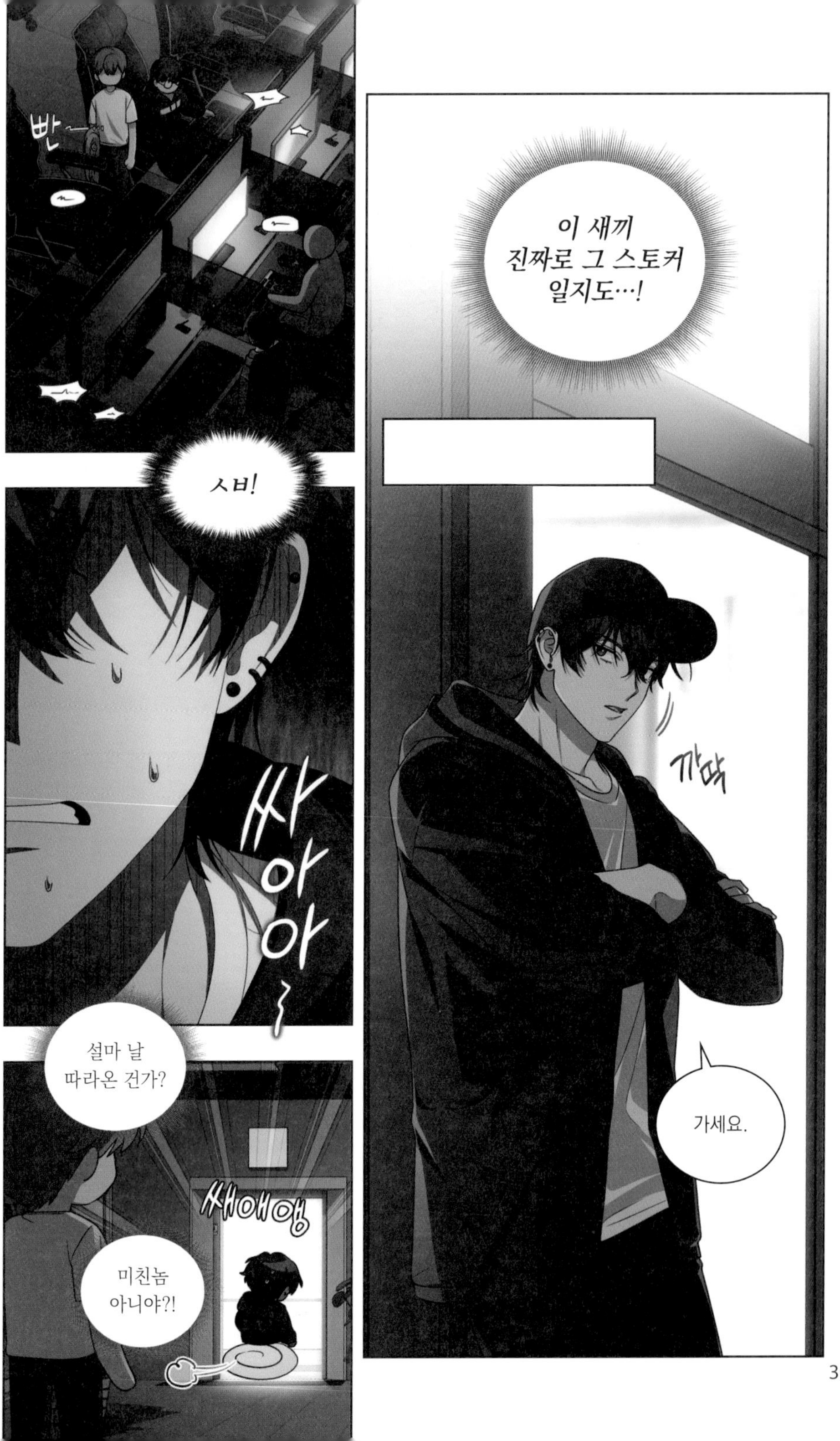

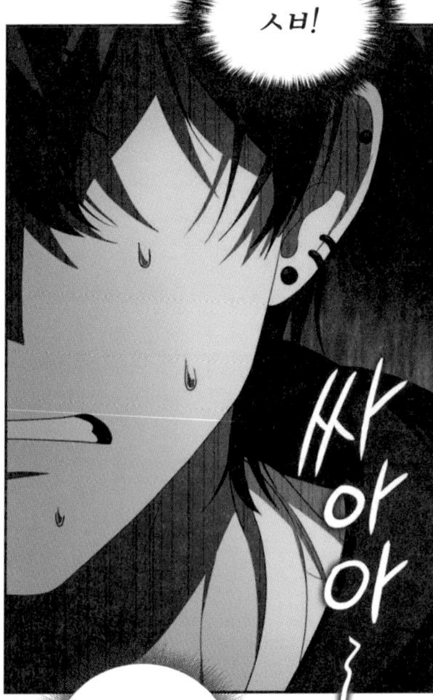

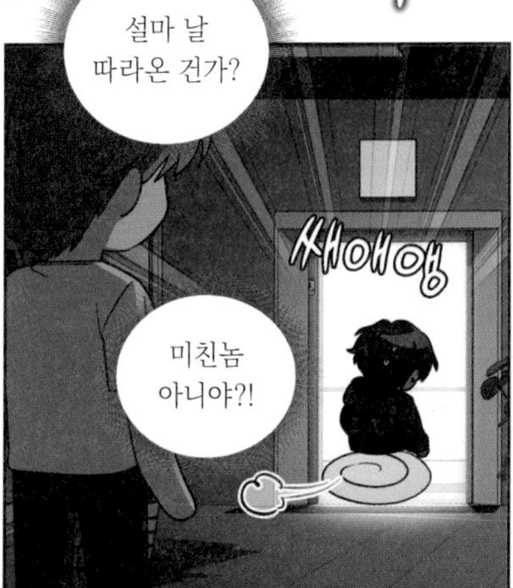

설마 날
따라온 건가?
쌔애앵
미친놈
아니야?!

이 새끼
진짜로 그 스토커
일지도…!

까딱

가세요.

네?
째릿…
먼저
가시라고요.
'네?'는 개뿔.

나 그렇게
호락호락하지
않거든?
ㅗ

그리고 저 인간이
중요한 게 아니라…
슥-

뉴타 님 왜 저한테
말도 없이 나가요??ㅠ0ㅠ
님 나가고 저랑 냥 님
뻘쭘해져서 게임 껐잖아요.
냥 님이 당장 다시 들어오라고
난리 치는 중ㅋㅋㅋㅋㅋㅋ
토도도도독

뉴타!!
설마 포세이돈 길드
안 들어올 건
아니겠지?!
neutaaaa
급한 일 때문에…ㅈㅅㅈㅅ
지금 밖이라서 집 들어가서
다시 접속하려구요.
휴ㅎ

나도 지금 밖인데
이거 운명인가? ㅋㅋ ㅅ
?ㄴㄴ
ㅋㅋ

저녁은
대충 라면이나
먹을까….
BEV
아,
그러고 보니

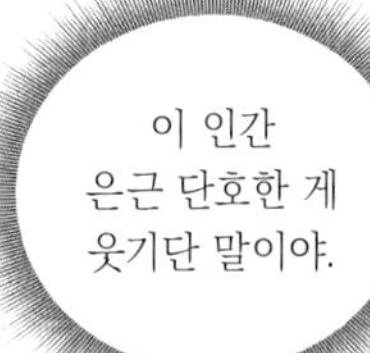
이 인간
은근 단호한 게
웃기단 말이야.

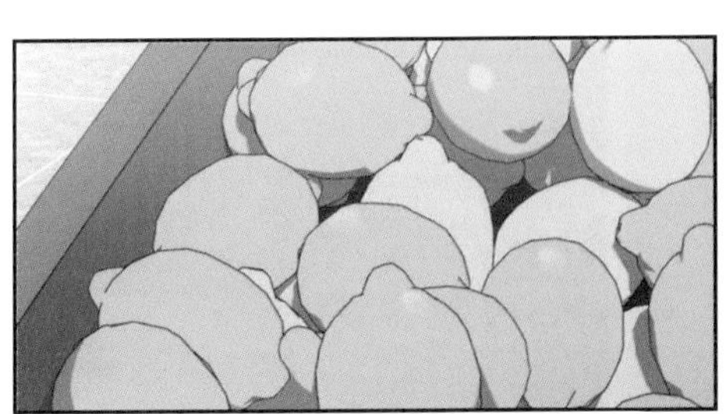

오늘
옆집 이사 왔지.
지금은 좀
조용하려나?
슥…

뭔 주인님…
어쩌구 그러던데.
ㅅㅂ,
내가 생각하는
그거 맞나…?
슥…

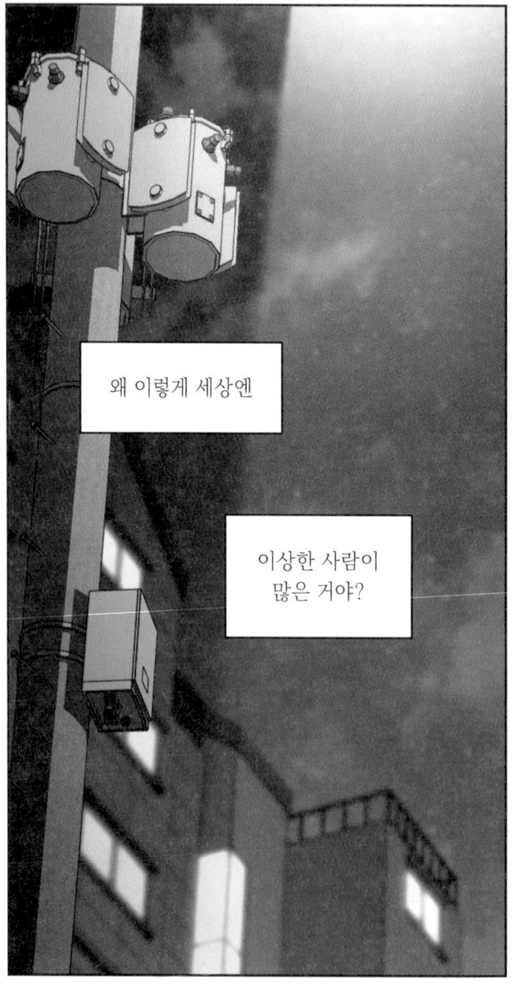
왜 이렇게 세상엔
이상한 사람이
많은 거야?

저벅
저벅
으앗…!
멈칫

서…
설마…
스윽…

두둥…
머쓱…
아, 저기
이거…
흔들
또, 또, 또…………

으아아
아악!!!!!

ㅅㅂ,
ㅅㅂ,
ㅅㅂ!!
901
쾅아앙-!

토도도도도독—

스토커 경찰 신고하는 법
경찰 출동 시간
스토커 징역 몇 년
동성 스토킹
PC방 CCTV 요구하는 법
CCTV 안 준다고 하면 어떻게

두근
두근
두근

이거
빼박인 거
같은데,
학교 사람인가?!
딩동~
두쿵

아…
옆집인가?
아까 문을 너무
세게 닫아서…
끼악…

안녕하세요!
불쑥

그 뒤의 추태는
대략적으로 생략하고…

남자는 옆집으로
이사를 왔다고 말했다.

이야길 들어보니
길마다 마주친 건
오해였던 모양이다.

문제는
그게 아니라

주인님,
우동
다 불어요!
주인님,
너무 맛있어요!!

주인님……
주인님……
주인님……♥
…씨.
내 주변에
이상한 놈이 하나 더
늘었다는 것이다.

옆집 변태는
그 이후로
문화체육센터

수영장을
따라다닌다든가
멋대로 간식을
넣어준다든가,
멈칫
쑤욱
이젠 대놓고
졸졸 따라다니는
지경에 이르렀다.
작정했네!!

앞으로 종종
마주칠 건데,
사이좋게 지내면
좋잖아요.
너무 대놓고
피하시니까….
종종 마주쳐??
스토킹하는 주제에
뻔뻔하네?!

대체 왜 날
따라다니는 거야?
기분 나쁘게.

휙
딱히 좋아할 만한
이유가 없어서요.
됐어요?

이렇게까지
말했으면

알아들어
처먹어야 하는 거
아니야?

…라고 생각한 것도 잠시.
좋아할 만한 이유가 없으면 만들면 되죠.
902
갑자기 빠꾸 없이 나한테 선전포고를 했다.

그렇게… 매몰차게 얘기했는데도 씨알도 안 먹힌 데다
그 자리에서 고백(?)을 박아버린다고?

이거 완전 미친 새끼한테 제대로 걸린 거 같은데…

쿠웅…

옆집 변태는 그냥 변태가 아니었던 것이다.

좋아할 이유?
ㅈㄹ 마.
꾸욱
…내가 변태를 좋아하게 될 것 같아?
대가리에 총을 맞지 않는 한 그런 일은 절대 일어날 수가 없어!!!

54화
ILLUSION...

쿠-웅…

좋아할 만한 이유가 없으면 만들면 되죠.
하…… ㅅㅂ……

이상한 변태한테
단단히 걸린 듯하다.

슥
타다다닥

저 고민이 있어요.
꼼지락

길드 사람들한테
고민 상담도
신청해봤지만
……
냥 님은
왜 내쫓은 거?
자랑이라고 생각했는지
반응이 영 시큰둥했다.
변태는
격렬하게 반응하면
더 흥분한대요.

그나마 내 이야길
진지하게 들어주는 건
뉴타밖에 없다.

빈털터리 뉴비를
키워놓은 보람이
있었다.

역시 얘는
경우가 있어서
좋다니까.
그랬는데…

커플 지옥
솔로 천국!
파지지지지지직
챙!
솔로로 돌아오신 것을
축하합니다!

이렇게 말도 없이 뻥 차버리는 게 어디 있어!!!

섭섭…

내가 그렇게 잘해줬는데…!!

뉴타는 칼같이 선을 지키는 놈이었다.

옆집 변태도 뉴 님만큼만 칼같으면 좋았을 텐데~
하아~
변태라니요? 주인님한테 ㄷㄷ
ㅗ

근데 그 옆집 스토커 말인데요,
전에 지구별 님 SNS 털었다는 스토커랑 같은 사람이에요?

근데 전에 그 스토커 새끼랑 수법이 다른 걸 보니 그냥 변태 하나가 새로 붙은 것 같아요… ㅋㅋ;

그냥 이상한 사람 하나 더 붙은 거자나 ㅜㅜ

변태 자식이냐고 ㅋㅋㅋㅋㅋㅋ

ㅋㅋㅋ

그러는가 하면…

지구별 님.

진짜
괜찮으세요?

명백한 걱정.

그에겐 다른 이들에겐
없는 섬세함이 존재했다.

그런 점이…
[neutaaaa] 님께서 음성채널에 입장하셨습니다.
나를 편안하게 만들었다.
형이라고 불러도 돼요?
아뇨, 그건 싫어.
이럴 땐 칼같이 선 그어!
'지9별' 님께서 교제를 신청하셨습니다!

뉴타는 단호한 듯
보이면서도 의외로
마음이 약하다.

조르면 다 해준다.

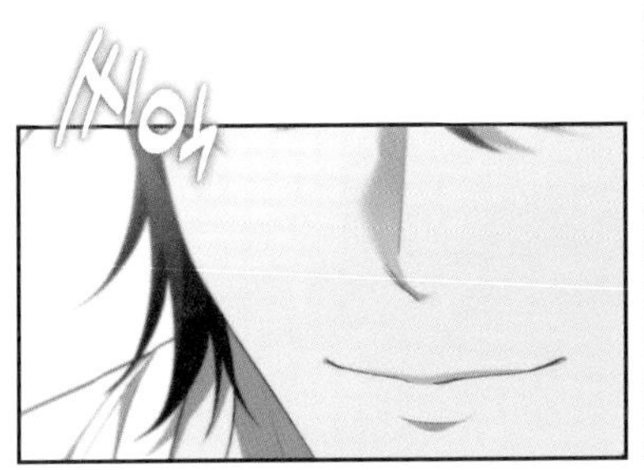

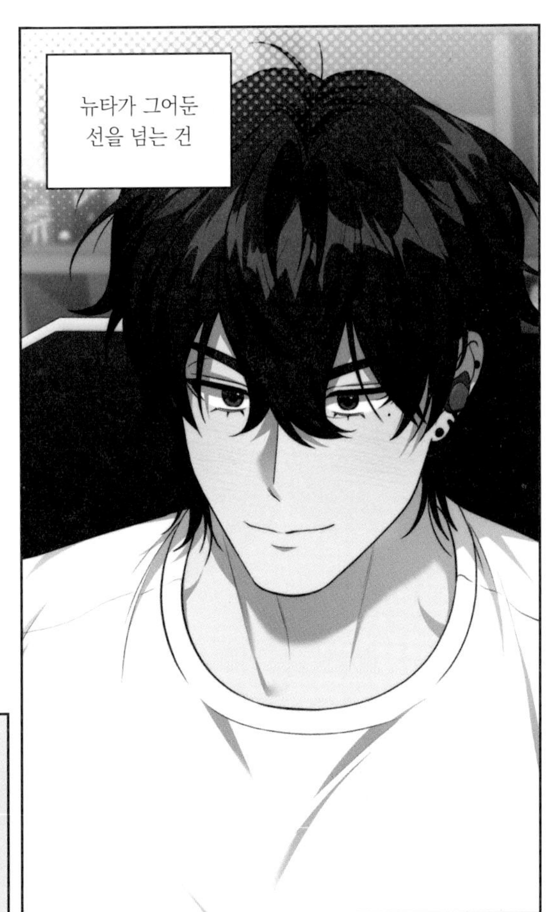
뉴타가 그어둔
선을 넘는 건

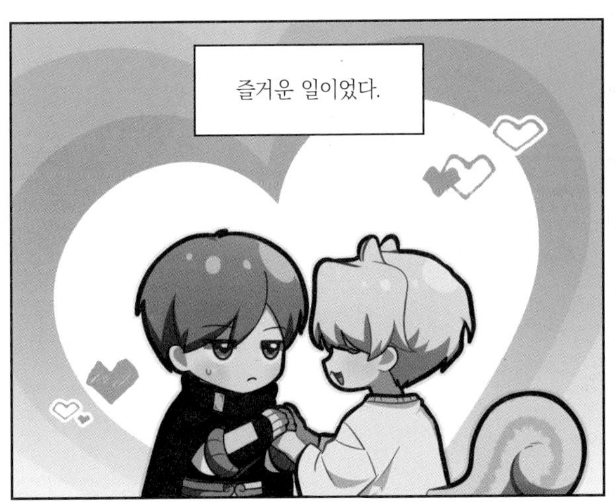
즐거운 일이었다.

솨아아
받은 거라
이름은 잘 모르는데…
레몬…
무슨 빵이래요.
쿠키는 아니고…
조개 모양?
빵인데.
…마들렌?

아, 네!
그거 맞는 거
같아요.
찌익
어느 날 느낀
기시감.

…설마.

애초에 뉴타는
옆집 변태랑
성격부터가 다르고.

아니겠지….

이시스 메이크업 샵
MAKEUP SHOP
종류가
너무 많아서
고르기가…
좋아하는 스타일
없어요?

좋아하는…?

뭘 해도
지금보다는 나을 텐데
왜 고민하는 거지….

구리
구리

음…
이거…?
관리사무소에서
안내 방송
드립니다.
……
응?

차량번호 6338,
은색 차량의
차주 분께서는…
이거 설마…
뉴타
이어폰에서
나는…?

저 어때요?

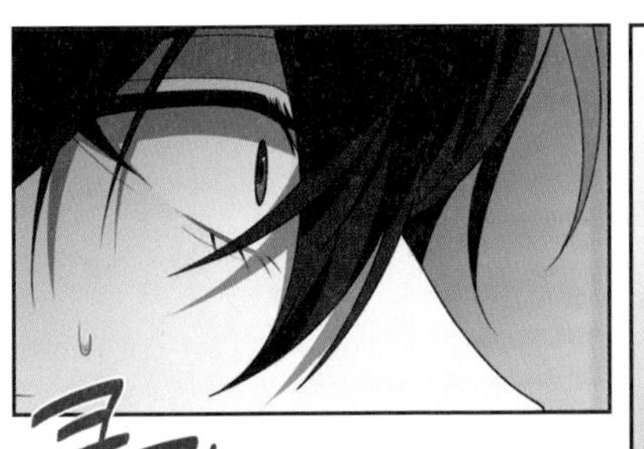

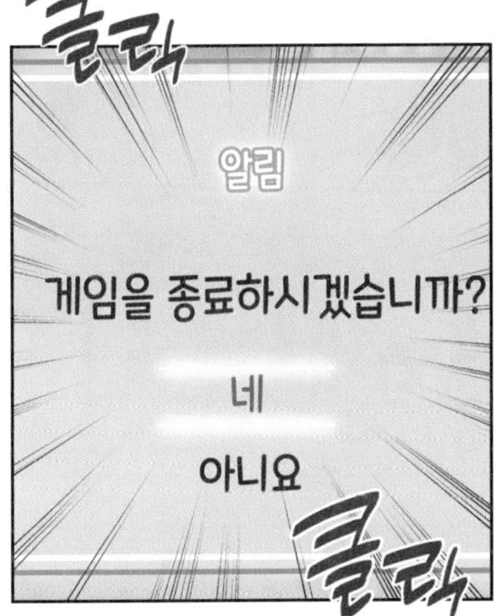
클릭
알림
게임을 종료하시겠습니까?
네
아니요
클릭

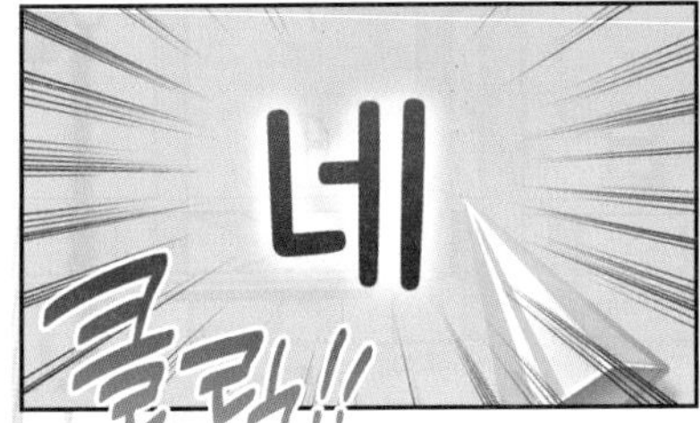
네
클릭!!

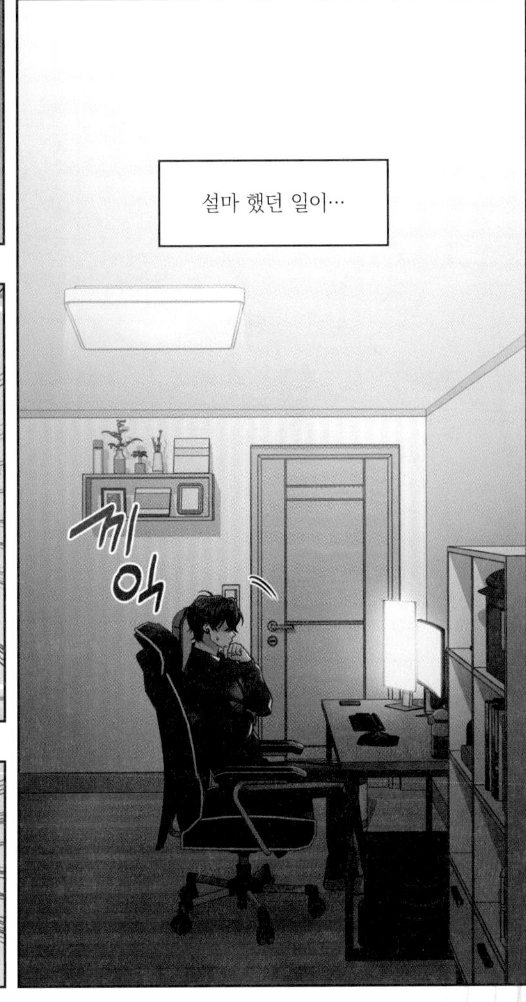
설마 했던 일이…
끼익

진짜였던
모양이다.

한동안 일부러
피해 다녔는데

형을 어떻게
구워삶은 건지 카페까지
같이 찾아왔다.

저는 지구 씨
이름 아는데…
지구 씨도 제 이름이
궁금하실까 봐요.
지금 들어보니 조곤조곤하게
이야기하는 말투가
뉴타와 닮은 것도 같았다.
꽈
악
만약 진짜로
이 인간이
뉴타라면
내가
지구별인 걸
아는 건가?
알고 일부러
접근한 건가?
목적이 뭐지?
그럼 어디
아픈 건
아닌 거죠?
멈칫

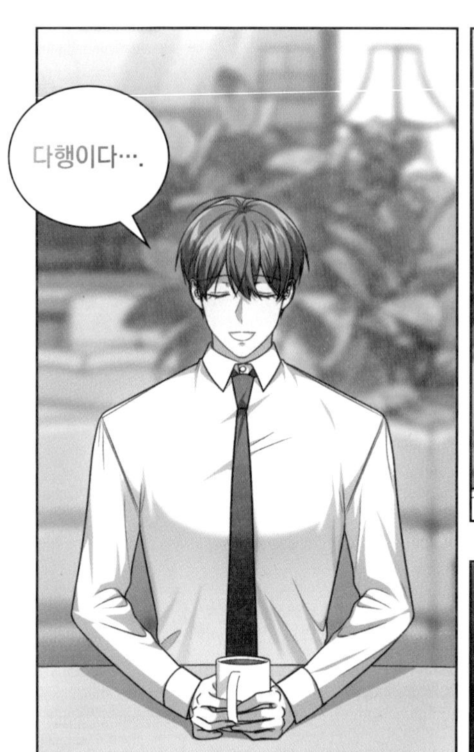
다행이다….

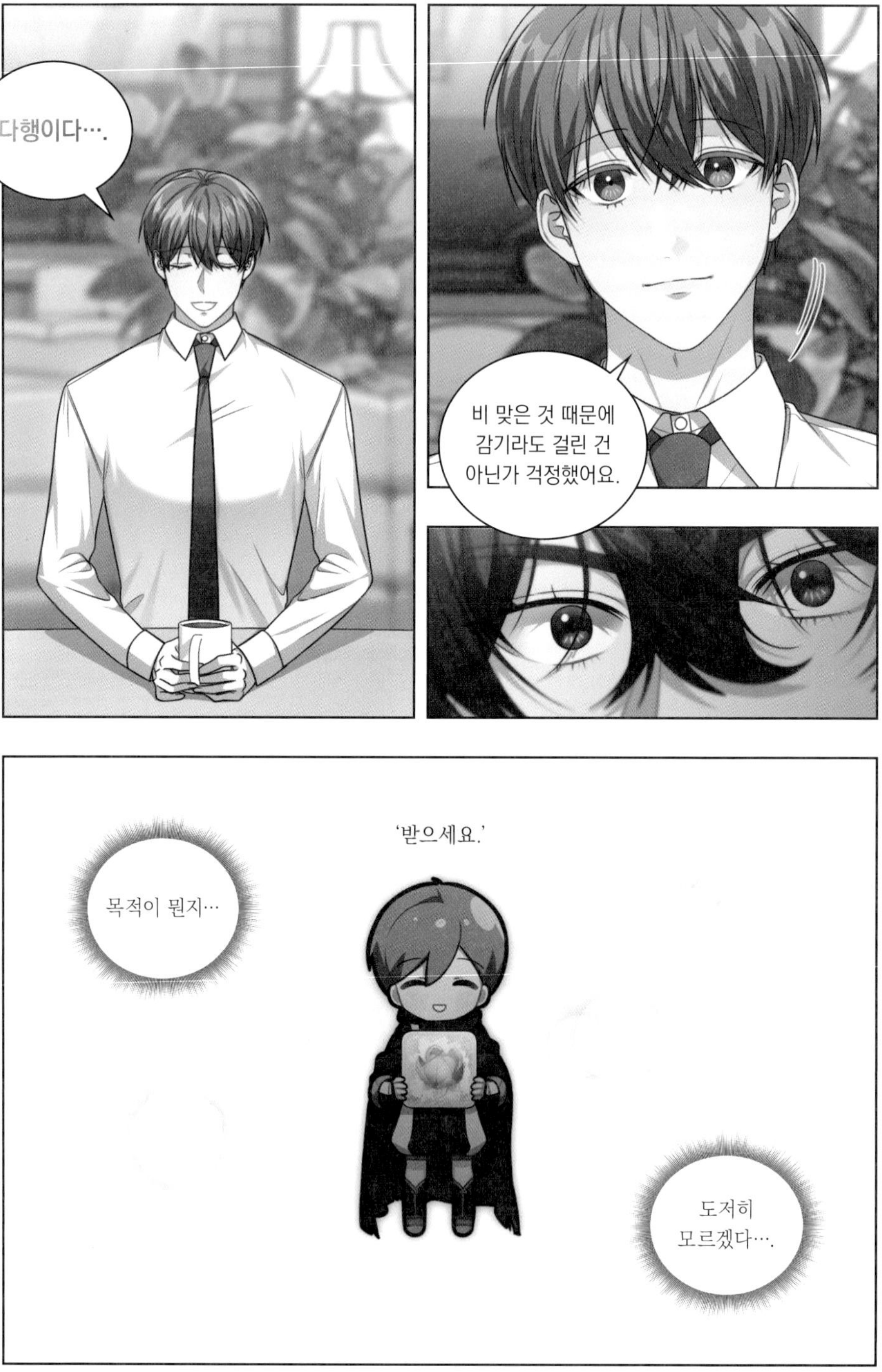

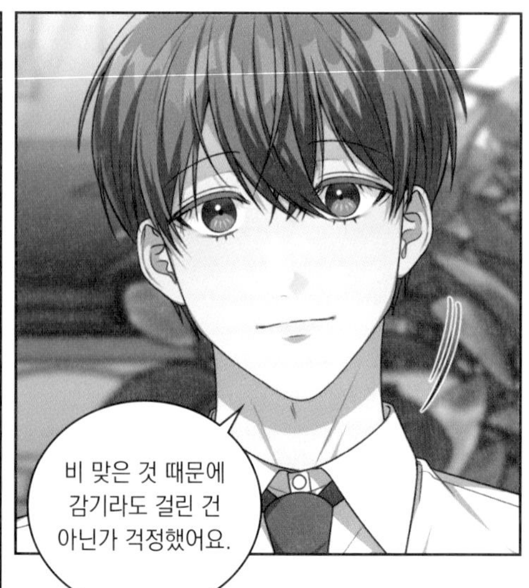
비 맞은 것 때문에
감기라도 걸린 건
아닌가 걱정했어요.

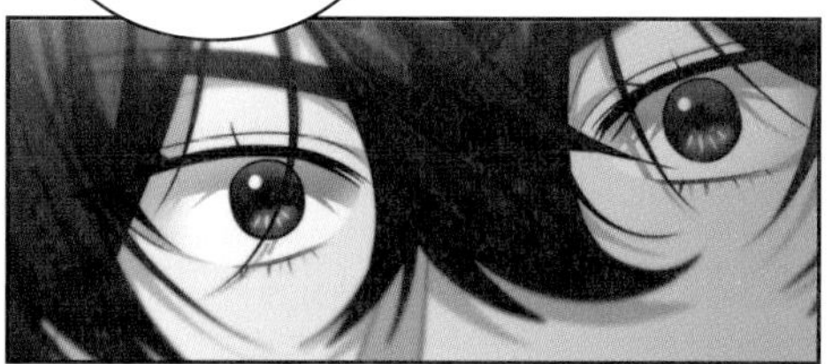

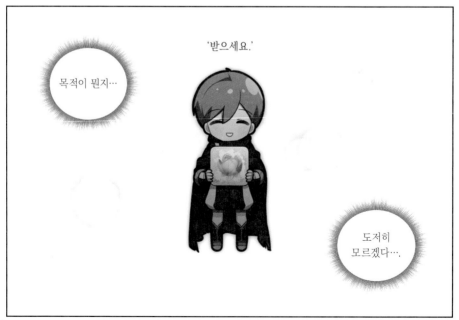

'받으세요.'

목적이 뭔지…

도저히
모르겠다….

지,
지구별 님?

혼자 게임을 하다 보니
너무 심심해서
부캐 아이디로
길드에 가입했다.
〈 포세이돈 길드 〉
지9달
? ? ?

이걸
받아주네
그럼
지구달… 님?

뉴타는 그동안 내가
게임에 안 들어온 게
신경이 쓰이기는 했던
모양이다.

일단 찝찝해서 피하고 있긴 한데,
옆집 남자가 뉴타라는 확실한 증거가 없어.
?
째릿~
어떻게 떠보지…?

쏴아
기회는 빠르게 찾아왔다.
멀리 떨어져 있는 카페 어스 후기에 비추천을 누른 이유는 모르겠지만
뭐, 여기서부터 대한대까지 통학하는 사람도 있으니 우연이겠지.
커피가 엄청 입에 안 맞았다든가…
중얼 중얼

남자에겐 혼자 중얼거리는 버릇이 있었다.
그건…

시끄러웠으면 죄송해요.
버릇이 들어서 그만….
뉴타도 마찬가지인데…
……

확실한 증거.

옆집 남자가…
뉴타다.

그리고…

지구 : 메롱 ㅇㅠㅇ

그는 내가
지구별인지 모른다.

신경 쓰인다.
무진장
신경 쓰인다.
뉴타가
신경 쓰인다.

옆집 남자가
신경 쓰인다!!!
쿵…

같은 동네도 아니고
무려 옆집이라니…
어떻게
이런 우연이
있을 수 있지?

그 사람이랑
친해요?
별로…?
참나!!

우리가 왜
안 친해?
던전도 맨날
같이 돌고 노는데.
안 친한데
커플은…
왜 다시
받아줬냐고.

하여튼 진짜
짜증 나!!

……형.

뉴타가 짜증 났다.

현실에선
별로 안 중요한 사람,
별로 안 친한 사람이라더니

게임 속에선
우리가 친하댄다.

우리 친하잖아요~

나랑 친해지고 싶은
마음에 그렇게
얘기했던 걸지도…?

저희끼리
있을 때만이면
ㄱㅊ
길드원들한텐
비밀로 해야 해요.
끄덕
끄덕

뉴타에게 형이라고
부르게 되면서

둘만의 비밀이
생긴 것은 덤이었다.

문제는 이쪽.

여기요!
짠~

…………
…………
…………
이건?
선물이에요!

게임 속 뉴타는
선을 너무 잘 그어서
문제인데
현실 속 뉴타는
선을 너무 몰라서
문제였다.
지구 씨
생각나서
산 건데….

욱

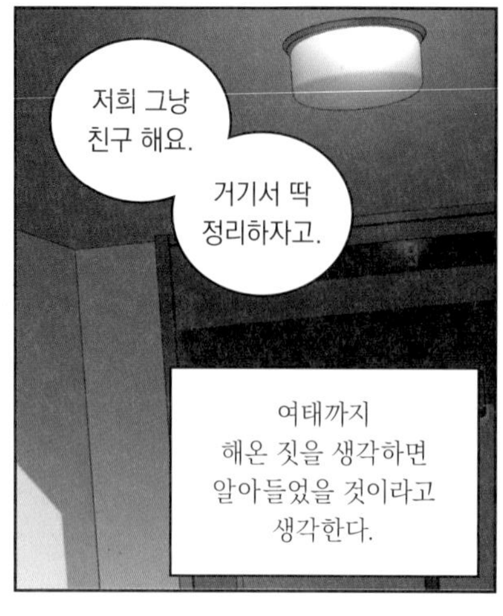

저희 그냥 친구 해요.
거기서 딱 정리하자고.
여태까지 해온 짓을 생각하면 알아들었을 것이라고 생각한다.

그럼 친구 된 기념으로… 저희 집에서 술 한잔 같이하실래요?

몸만 오면 될 것 같은데.

…아무래도 못 알아들은 것 같다.

변태인 것만 빼면 친구로서는 참 좋을 것 같은데.

나 좀 포기해라, 제발.

그리고 옆집
잘생기긴 했음.
저 지금 캐릭터도
옆집 남자 스타일
참고한 거였거든요.
펄럭
진짜
잘 어울리죠.

이건…

처음 듣는
얘긴데…

이상했다.

그렇게까지
나를…
사람을
좋아할 수 있다니.
문화체육센터

neutaaaa
저 오늘 게임 못 들어가요.
아파서…

……
어?

아프다고?

그럼

아까
마주쳤을 때도
아픈 상태였단
말이야?

뉴타는 원래 답을
재깍재깍 주는 사람은
아니었다.

하지만…

바로 답장이
오지 않으니 괜히
초조해졌다.

걸음이
절로 빨라졌다.

나중에 뉴타가 확인하면
의아해할 거란 생각을
하지 못한 채

나는 달렸다.

《4권에서 계속》

이웃집 길드원 3

초판 1쇄 인쇄 2024년 11월 29일
초판 1쇄 발행 2024년 12월 27일

지은이 스튜디오 웨이브
펴낸이 김선식

부사장 김은영
제품개발 설민기, 윤세미
웹툰/웹소설사업본부장 김국현
웹소설팀 최수아, 김현미, 여인우, 이연수, 장기호, 주소영, 주은영
웹툰팀 김호애, 변지호, 안은주, 임지은, 조효진
IP제품팀 윤세미, 설민기, 신효정, 정예현, 정지혜
디지털마케팅팀 신현정, 신혜인, 이다영, 이소영
디자인팀 김선민, 김그린
저작권팀 성민경, 윤제희, 이슬
재무관리팀 하미선, 김재경, 김주영, 오지수, 이슬기, 임혜정 **제작관리팀** 이소현, 김소영, 김진경, 박예찬, 이지우, 최완규
인사총무팀 강미숙, 김혜진, 이정환, 황종원 **물류관리팀** 김형기, 김선진, 박재연, 양문현, 이민운, 이준희, 주정훈, 채원석, 한유현
외부스태프 나룬(디자인), 하나(본문조판)

펴낸곳 다산북스 **출판등록** 2005년 12월 23일 제313-2005-00277호
주소 경기도 파주시 회동길 490
전화 02-702-1724 **팩스** 02-703-2219 **이메일** dasanbooks@dasanbooks.com
홈페이지 www.dasan.group **블로그** blog.naver.com/dasan_books
종이 한솔피엔에스 **출력** 북토리 **인쇄·제본** 국일문화사 **코팅·후가공** 제이오엘엔피

ISBN 979-11-306-5643-4(04810)
ISBN 979-11-306-5610-6(SET)

- 책값은 뒤표지에 있습니다.
- 파본은 구입하신 서점에서 교환해드립니다.
- 이 책은 저작권법에 의하여 보호를 받는 저작물이므로 무단 전재와 복제를 금합니다.

다산북스(DASANBOOKS)는 책에 관한 독자 여러분의 아이디어와 원고를 기쁜 마음으로 기다리고 있습니다.
출간을 원하는 분은 다산북스 홈페이지 '원고 투고' 항목에 출간 기획서와 원고 샘플 등을 보내주세요.
머뭇거리지 말고 문을 두드리세요.